天下文化

BELIEVE IN READING

我將前往的遠方

郭強生

獻給單身初老的 一首情歌

life goes on

目錄

PART THREE 那些年不懂的事

PART FOUR 我將前往的遠方

推薦序

靈魂被放逐的父親

陳芳明／政治大學講座教授

捧讀郭強生的《我將前往的遠方》，讓我又回到照顧失智母親的歲月。這好像是我們進入中年之後共同面臨的問題，每個家庭都有老人，如果年紀夠大，都有可能面對失智的問題。我的母親八十歲之後，似乎常常看見異象。在黃昏時，總是會指著窗外說，是誰站在那裡？她進入房間後，看到有花紋圖案的棉被，也會訝異說，是誰躺在我的床上？她常常會把孩子給她的零用錢，到處窩藏。最後總是要費盡氣力，才幫她尋回。她曾經指控來照顧她的幫傭竊錢，那位可憐的女子蒙受不白之冤，稍後也幫她找到現金，但是我對那位幫傭感到非常抱歉。

這樣的故事，並非只發生在我家裡。閱讀郭強生的文字時，才知道他父親也患有嚴重失智。他說，「衰老，也許更類似於一種自我放逐，跌跌撞撞地，孤單走去一個不想被人找到的地方。」看到這段文字時，內心不禁產生了震顫。我也覺得自己的母親，不顧一切把我們拋擲在紅塵滾滾的人間。那種自我放逐，其實是一種自我遺棄。她的靈魂，很早就已經被不知名的神帶走了。慈悲的上天，只是讓她的身體留在我們身邊。我的母親，郭強生的父親，好像是被監禁在一面透明的玻璃背後，已經完全不能跟我們對話。

郭強生提到，父親在半夜醒來，在冰箱尋找牛奶。印傭問他要做什麼？父親回答：「我要給我的小孩喝牛奶。」印傭笑著說，你的小孩已經長大了。這段轉述，讓郭強生感到非常心酸。他當然是父親的小孩，但現在已經超過五十歲了。失智的最初徵兆便是失序，再也不可能把時間先後釐清。這種狀況也曾經發生在我母親身上，那時南下左營去探望她時，她總是微笑的迎接我說，你剛剛從美國回來吧。可憐的母親，我已經返台十年，她卻一直錯覺地以為我依然在海外流浪。跟她說再見時，她還是會說，要回去美國了嗎？那記憶特別清晰，因為我很清楚，長期滯留海外，已經在她的生命裡造成傷害。

郭強生的文字，極其委婉，心地也特別柔軟。他與父親的對話，有時不近情理，但是他總是會梳理父親語言中的意涵。當他用這樣的文字表達時，我深深受到感動：「父親用他神祕且不可理喻的方法，正在帶我認路。回家的路。不再是父親與嬰兒，兒子與老父，終於，我們成了一起在老去著的同伴，我們要一起回家。」這種感傷的語言，似乎無法帶來任何救贖，只能接受命運的安排，陪著父親一起蒼老。什麼是生命，那是由各種記憶、味覺、嗅覺、觸覺所結合起來的一種情境。失去了這些感覺，生命的情調也恍然若失。從父親那邊接受到的廚藝，從母親那邊所承接的記憶，都是在讓自己的生命有一個定錨點。廝守在父親旁邊，永遠不會放棄，無疑是為了使正在消失的生命，能夠停留久一點。郭強生的文字，是如此尋常，又是如此敏銳。他藉由生活中極為不醒目的小細節，勾起了整個一生的記憶。

在第二部的回憶裡，主題是「高年級的生活練習」，顯然是他與父親一起生活最困難的部分。當他以「老味道」、「長照食堂」、「老收藏」、「我的夜市家族」做為散文的標題時，就知道他有多辛酸。尤其，他提到一個人必須學習照顧自己，同時也學習孤獨地成長。當可想見，他所承擔的是整個家族的記憶。雖然自己有一個哥哥，卻長年滯留美國。父母生命的起伏升降，只能由他單獨去面對。在字裡行間穿梭時，我似乎看見一個孤獨的靈魂，背負著沉重的家族命運踽踽前行。在那樣的時刻，他必須要去正視蒼老的問題，或甚至生死的問題。每當有新的看護來到家裡，第一件工作就是學習買菜，然後是如何協助父親吃飯。就像他所說：「我以為，這些菜色就像是不需言語確認的感情，我相信父親吃得出來，那是我們共同的記憶。」

郭強生的散文筆法，總是選擇在最平淡處牽動了讀者的心思。在第三部的散文，他提到終身未婚的小津安二郎，一輩子都與母親住在一起。他特別提到小津的散文集《我是賣豆腐的，所以我只做豆腐》，表面他是在談小津與他母親的感情，其實是為了帶出他自己與母親的過從。他曾經透過通靈的師姐與母親對話，讀到這裡時，不免眼睛一亮，立即讓人聯想到《通靈少女》的影片。透過靈媒，他知道母親的狀況很好。母親對他最牽掛，恐怕還是婚姻的問題。他好像跟靈媒在鬥嘴那樣說，「又不是想要成家就一定會有那個人！」在那最神祕的時刻，陰陽兩界的母子，好像找到共同話題。這是郭強生最細膩之處，非常簡單的一個情節，就清楚帶出了母子之間的情感，並且藉由小津安二郎的電影，為他們的家庭生活做最佳詮釋。閱讀之際，讓人頗覺悵然。

在第四部分，他寫「不老紅塵」，頗能打動讀者的心，尤其他特別提到，「年老也像是一種創作。除了命題與想像力之外，更需要的是歐巴桑那種自信與堅持。」以創作來形容年老，是一種了不起的想像。所謂年老，永遠是未知的領域。就像在創作之際，並不能預測下一段句子是什麼。在欲知未知之間，充滿了創作上的探險。年老之際，在前面展開一望無際的空間，需要多少具體的事物來填補。年老，不是終點，是另一場創作的起點。他特別引述莒哈絲《情人》的一段話，「寫作，若不能每次都將最複雜難解的事情，藉由穿透某項不可說的核心本質，將它們呈現出來，那麼它就不過是廣告宣傳品罷了。」閱讀這段文字時，讓我想起在巴黎蒙帕納斯墓園的莒哈絲墳碑。墓石上沒有全部寫出她的姓名，只是用兩個字母標示出來：ＭＤ。她的離去，其實也是一種創作的方式。郭強生等於點出了這位知名作者的創作精要。

郭強生這樣那樣跳躍著回想自己的父親與母親，為的是避開說出他內心深處的真實欲望。他多麼希望有一個家，父母的離去，老早也帶走了一個曾經是非常溫暖的家。記憶可以重現，家庭不再回來。他的文字在最動人的地方，總是節制著自己的感傷與濫情。那是一種困難的自我挑戰，最後他都一一克服了。他即將前往的遠方，不就是我們每個人準備出發的共同目的地。他寫自己，也寫了所有中年人的感情。年老如果是一種創作，我們都正在提筆書寫。

推薦序

漫遊城市荒原　凝視每個暗夜——無繼承者人生的孤獨浮世繪

鍾文音／作家

郭強生之前出版《何不認真來悲傷》，悲傷力透紙背，引起深沉迴響，以書寫回到「母親」不在的地方，消逝的母親卻無所不在，母親遍滿全文，勾招著人子的痛。讓我難忘的是郭強生寫到有一天他買了個方形蛋糕回家想為母親慶生，未料母親說的卻是蛋糕應該是圓的，之後他的母親就再也沒有回到這間屬於他們共有的回憶之地了。

《我將前往的遠方》這回書寫父親與自己，但更多是藉著父親而直視了自己的未來老後，力道非凡，也為郭強生獲得許多掌聲。但同為寫作者，我知道，作家寧願沒有發生過這些苦痛，也不願用書寫來換取現實的光環。

從塵埃開出花朵太苦，從地獄返回報信太難，從火焰誕生蓮花太痛。

但郭強生仍是一一從塵埃從地獄從火焰……歸來，彷彿成了變形金剛，他有更多與孤獨共舞的能力。他面對失去母親時，他也同時撿回了父親；他面對青春異國情人自裁的黑暗時，也同時照亮了長久不面對的身分與認同。經過層層的淬鍊觀照（甚至是自嘲式）的洄游追溯，他逐漸長成一株根部紮實的大樹（不論處理現實困頓或是文字書寫深度），即使這棵樹或因命運弄人而時有花葉枯枝萎敗之景，但根部仍豐饒濕潤，不因人世荒原而心生擱淺，不因人世孤獨而心生幻滅。真正的勵志書如是，因為這是作者以自身生命為畫布的深刻展演，真正生命的征戰歷程。

寫《追憶似水年華》的法國作家普魯斯特曾寫：「每個偉大的小說家心中都有個地獄。」這個地獄即是征戰的歷程，這個地獄是每個人的暗夜。

郭強生在命運之火投下時，他選擇面對。他寫道：「沒有真正投入過父母照護的人，無法想像這份工作包含多少瑣碎細節，多少不確定帶來的壓力。」他回應朋友時說：「為什麼會是懲罰呢？妳怎麼知道，這不會讓我成為一個更好的人？讓我變得更有耐性，更有智慧，更獨立堅強？」

通過父親失智的磨練，檢視種種感情的變形，他昂然迎向使自己成為「更好的人」。這常讓我想起我自己，因我這段時間也在看顧陪伴中風的母親，曾是任性的女兒，也因單身和沒有上班之故而擔任起這個腳色，旁人都說我一定很辛苦（其實辛苦根本不須言說），重要的是這是我的選擇，我非常珍惜和時間在拔河的母親相處時光，我知道這時光一去不回，且無可替代（情人可以很多，母親只有一個），而我也知道這是命運的回音，祂要我學習生死與色身的課題，能照顧母親是我此生的榮耀（甚比文學獎都要大上不知幾百倍的榮耀）。

和郭強生還有一點完全相似的是，我們都會在父母親入寐後一個人晃去超商喝杯咖啡，讓腦子放空。他寫：「最讓人不習慣的，反倒是夜晚到來。當一切勞動隨著父親入睡而告一段落之後，一時間我總有種不知今夕是何夕的迷惘。不知道是該高興這一天又順利平安落幕，還是該對於未來一切之不可預測繼續懸心。」我讀著，驚訝於這單身男女的孤獨同質性，又極其心疼我們相同的那種懸心。那種無以言說的孤獨浸滿紙頁，彷彿剛剛離開斷壁殘垣的生命現場，被一種痛感和徬徨切割成碎片，顛顛悠悠的午夜恍惚，傷喪親人的時間之不可逆轉，忽然就照見了自己那龐大的孤獨與愛情不堪，這無繼承者的人生，寫來如此細緻又如此自嘲。尤其寫夜市家族的那篇也是我的最愛，樂華夜市有五年時間（因感情對象）我也曾經深度盪遊過，郭強生這個鄉下人，彷彿也是夜市人生的家族成員，他以小說技藝寫出散文深邃人性，全書幾乎亦步亦趨地帶著旁觀描寫與主觀抒情，冷熱交替而過，烘焙著初老的酸苦。

做為人子，我們於今才明白，有父母親在的地方就是明亮世界，即使父母已經老成（病成）只能一個手勢或者遞來一個眼神，僅僅是這樣，都能讓我們免於孤兒的淒涼境況。郭強生這個獨子，只剩下風中之燭的父親了，他猶如快被切斷纜繩的無岸之船，因此孤獨的迷霧漾滿整座生命海岸，使他不知何去何從。然於此之時，他又萌生力量，通過召喚失去母親的淚水洗滌，通過直觀被棄的感受，種種心如刀割已然逐漸癒合。

中年男子的拘謹魅力就是把握住和父親相處的最後時光，在沙漏將盡之時，他要看盡大海的來處。

因為這樣的力道，使我在閱讀時，常常被勾痛至滲血的感覺。好在郭強生不會太殘忍，他往往會突然跑出一種獨有輕快的自語，來調節先前的沉重，也將感到窒息的讀者打撈上岸。

作家擁有書寫的魔法，因而作家的復元往往來自於「寫作」（當然也有寫作治病，卻加重病情者）。郭強生回應命運的方式也是寫作。他天生敏感過人，寫黑暗如吟遊詩人，在命運的荒原，靜下來觀察傷痛的原貌，找出家族與自己的源頭處，面對孤獨傷懷而毫不遮掩。郭強生延續悲傷書寫，將怪手挖進孤獨的小宇宙，不惜以揭開傷口來對應長繭的人心時，因此他克服了許多人的恐老症與面對無常的新手慌。

「承擔那些悲傷恐懼孤獨不甘，負面的情緒都由你收納，然後留給你與被照顧者一個平靜的日常。……盡量不去思考疾病多麼凶險，也不去問結局究竟會如何，這過程是長，是短，也不做任何預測。在病者與老者面前，我盡量以一種不顯露出強烈期待的方式，就是與他們過日子。」

他讓我們明白父母重症之時，做為一個人子（獨子）的處境與心境，我們寬慰死者並非是對生者的遺棄（郭強生寫他母親仍在屋子裡以及最後的告別篇章）。我們每個人都是個孩子（未必會當父母），當世界捻上熄燈號時，我們一時之間如置廢棄的太空站，不知漂浮何方時，我們慶幸有認真的作家寫出大眾無法言說的苦楚，在霧茫苦海閃出一點點微光，指引生命的遠方記號。

這個遠方即是近處，就是生命的來處。

當作家以自身經驗將其遭遇丟進火爐而化為文字時，書寫即變成了公共財，變成了讀者的記憶，這可說是讀者的福音，因為彷彿通過郭強生筆下如此強烈的失母顧父傷己的歷程，我們也受到了同樣的波潮與久久不去的震盪。

失去摯愛是永遠的功課（不論失去幾次），我們都在永恆學習傷喪的路上。

在這條路上，你並不孤獨。

PART ONE

欲靜風止的時光

——老日子

依然記得，很久很久以前，某個夏日的夜裡，與父親躺在草蓆上，聽他即興自編的睡前故事，小金魚為了找媽媽，這次又不知迷途到了哪裡。說著說著，他照例自己先進入夢鄉了，剩下我獨醒著。

也許五歲？六歲？還沒上小學的那個孩童，未來人生的一切種種，此時都還沒有任何跡象。

在窗口滲入的靛靜夜光中，聽見父親的鼾聲，還有自己微弱的心跳，他知道，一家人都在這個屋裡，此刻此地，這裡就是他所有的世界。

樓下的時鐘滴答滴答，遠處巷口有某隻野貓正翻牆而過。晚餐有麵條。明天醒來會穿上幼稚園的圍兜兜制服，小朋友們會一起吃點心。然後是無聊的下午，午睡。又是晚餐。之後再回到現在躺的這個地方。

印象中，那是我對於自己的存在，第一次有了模糊的輪廓。

隱約還有感覺到，**時光**。每一個昨天今天與明天，都會結束在像這樣的一個晚上。每一個晚上，等待睡夢來把我接走。

這就是當時那個孩子所知道的，關於生命的一切。

．．．

但是那個晚上，我遲遲沒有睡意。

瞪著眼睛，望向天花板，還有從天花板垂掛下來的蚊帳，在四周越來越闃靜的黑暗中，那個年紀僅有的一點思緒與聯想力，悄悄如細胞繁殖，試著開始思考，或許以為，這樣就可以看見一覺之後，明天的自己。

我。

我在這裡，醒著。

我之所以存在，因為我有父母。

父母告訴我這個可以做，那個不可以做。父母為我準備好衣服與食物，生病的話他們還會帶我去看醫生，餵我吃藥。只要我聽話，他們會幫我買玩具，還會開心地給我誇獎。

我還不會賺錢，也還沒法騎家裡那輛腳踏車。我也不會過馬路，不知道父母上班的地方要怎麼去。我不像哥哥已經是大孩子，一去學校就是一整天。我還很小，我其實什麼都不會——

然後無預警地，在接下來的那一秒，一個念頭石破天驚地擊破了原本專屬孩子們的安全城堡。我被那個念頭嚇到手腳瞬間發麻，無措驚嚇到想哭，卻又無法叫醒就躺在身邊的父親。

我怎能把父親搖醒，然後問他：你跟媽媽會不會死？

死，意謂著盡頭，一切都將在瞬間消失。

永遠忘不了，人生第一次感受到死亡為何的那個寂沉深夜。思緒紊亂如閃電，每一道都在那孩子幼小無知的心頭揮刀，刷刷刷刷。害怕得不敢閉上眼睛，以為這個不祥的意念隨時都將成真。

如果父母死掉，我就將是一個不知明天會如何的小孩。就只剩我一個，再也不是任何人的小孩。我會生病會哭會肚子餓，但是永遠不會有他們來到我的身邊，把那些讓人害怕的東西趕走。

當時的認知應該是，我的存在，與我的父母是不能切割的，我無法想像沒有了父母的我，那會是什麼。

…

就這樣，那個原本安然靜好的夏夜，成為人生第一個無法觸底的黑洞。存在與死亡攜著手，偷偷摸摸來到床邊，如同兩個趕不走的惡童，整晚對我恐嚇奚落嘲笑。就這樣，父母死亡的這個念頭，在那童稚的心中留下了人生第一道永遠無法驅散的陰影。

彼時，那個尚無法獨立存活的孩子曾以為，他的驚恐惶然全因自己的年幼。要等到經歷了母親的過世後他才明白，其實，無論父母什麼時候離開，做子女的都不會知道，明天的自己，該以怎樣的存在，如何繼續。

・・・

不久前把廚房的流理台換新時，發現了一只我不知竟然還存在的盤子，藏身於一堆鍋碗瓢盆中。

橢圓長型的瓷盤，有三十多公分，最適合拿來盛一尾紅燒魚，或是擺放醃牛肉香腸火腿之類的冷盤。盤子的兩頭畫著杏黃色的花朵與綠葉，我端詳了半天，發現從幼稚園到已老花眼的現在，我仍然無法分辨那上面畫的圖案，究竟是百合還是金針。

但是我對它印象深刻。通常，需要動用到這只大盤的日子，一定是家中有客人來，或是過年過節加菜。原本應該是一整套的餐具，因為還記得幼時曾用過有著同樣花飾的湯匙，約莫是，都已同其他那些碗啊瓢啊全一件件摔壞了，扔了。但是多麼奇怪，這只四十多年前的舊物，竟還毫髮無損地在我們的家中。

最後一次看見它，應該是十五年前。

那是母親在世的最後一個跨年夜，傍晚從花蓮趕回台北，我匆匆去超市買了條黃魚。母親那時已被化療折磨得食不下嚥，但是卻不知為什麼，我當時仍堅定相信，母親最後一定會好起來。

馬上就是二〇〇二了，我一面為黃魚化霜，一面找出了那只在我們家代表了節慶的大盜盤，心想著一家三口還是應該一起吃頓應景的晚餐。我幾乎認為，一道紅燒黃魚用這只盤子裝著端上桌，一切都會順利地延續下去。

已經忘了，後來那晚父親為了什麼事與母親鬧脾氣，始終不肯上桌吃飯。母親吃不下，我也沒胃口，剩下大半條沒動過的魚被我全裝進了廚餘桶。我默默洗著碗盤，隱約感覺到，有些什麼我一直倚賴不放手的東西，同時在水龍頭下就這樣一點一點流逝中……

後來那些年，父子二人都成了固定的外食族。我接了系主任兼所長的工作，一週得在花蓮五天，只有週末才能回到台北。父子短暫週末相聚，也都是在外面餐館打發。母親過世後，我再沒有正式動過鍋鏟下廚。頂多燒開水煮把麵，或把打包回來的外食放進電鍋加熱。家中廚房開始成為無聲的記憶，總是那麼乾乾淨淨。

第一個沒有母親的大年初一，中午我和父親來到當時仍叫希爾頓飯店的中餐廳用餐。

父親說，你在紐約念書那些年，家裡就剩兩老，已經不準備什麼年菜了。好在台北有許多館子連除夕都開張，我跟你媽大年初一來希爾頓吃中飯，就算是過年了……

當下眼前出現了我的父母獨坐在餐廳裡的景象，內心酸楚異常。為什麼之前都沒想過，父母在這樣的日子裡會是怎樣的心情？

是無奈？故作堅強？還是吃驚？怎麼一轉眼，自己已成了餐廳其他客人眼中的孤單老人？會後悔當初沒把子女留在身邊嗎？

・・・

（只剩它一個了。）

十五年後再度捧起那只大瓷盤，宛若與家中某個失散多年的一員又意外重逢。如果盤兒有靈，它又作何感想呢？是感嘆原本與它成套的家族碗盤，如今都已不再？還是欣慰自己仍在這裡？在當年也許曾摔碎了它兄弟的那個小娃兒、如今已是年過半百的我的手中？

如今，我看到換成我取代了母親，與父親坐在餐廳裡的那個畫面。只有父子二人對坐，也還是淒涼。

彷彿終於理解了，當年還不認為自己年老的父親，為何不再想守著這個殘局。大過年的，應該是跟另一個女人坐在這兒吧？或至少也是跟兒子媳婦孫子一家。怎麼會是跟一個不結婚的兒子在這裡無言相對呢？

等到父親多了同居人，這頓大年初一的午餐也就取消了。

初次離家求學的少年，十年後返家，一開始還以為自己仍是家裡的那個小兒子，時間一到就會聽到有人喊他：「吃飯了！」「起床了！」……結果，一連串迅雷不及掩耳的劇變，還不知如何調適，一回神，他已成了步入半百的老單身。

・・・

一直記得，曾被「萬一父母不在了」這個念頭嚇到不能成眠的那個孩子。

如今，面臨萬一我不在了一個人便無法存活的，是父親。

相信父親曾有過忽然清楚的時刻，意識到了自己的處境，那一刻在他心裡掀起的恐懼，就是自己幼年曾經驗過的恐懼。

父親心裡那個孤立惶恐的孩子，就是我。

在母親與哥哥相繼過世後，這個世上我們只剩下彼此了。

兒時曾經害怕的是，父母會突然過世丟下我一人。如今擔心的卻是，萬一我遺傳了母親與哥哥的癌症基因，自己先走，那怎麼辦？丟下父親一個人在世上，誰來照顧？

．．．

沒有真正挑起照顧父母責任的子女，就算是自己成了家，也還是一個孩子，不算真正長大。因為他們還有父母在包容他們，還可以對父母提出要求，要求他們改變，要求他們公平，心裡還有叛逆，還有不耐，跟一個青少年的身心成熟度相差不遠。

直到獨力照顧老去父母的時候，才會了解沒有什麼公平不公平，才會原諒曾經父母對我們的照顧若有任何疏忽或失手，那是多麼不得已。身為照護者才會了解，我們自己也一直在犯錯，也一直在學習。

對死亡的恐懼，對老化的無知，以及對無常的不能釋懷，能夠幫助我們克服這些障礙的，只有陪伴父母先走過一回。

我們都會很好，總是這樣告訴自己。和父親之間那種互相需要，也重新信任的相依關係，都盡在不言中。

雖然，我總不斷地在跟他說著話。

每當坐在父親身邊陪他「望」著電視，或當他不時就閉目遁去外太空漂流之際，我總會想要努力引起他注意，尋找能夠用簡短字句即可表達，或可與他溝通的話題。

（想起當年，那個聽故事的孩子，總愛對沉沉欲睡開始胡謅情節的父親說：

ㄟ你講到哪裡去啦？……）

一如遙遠的當年，此刻，那個情境彷彿又重新上演。

並非父親退化了，而是我多麼幸運又回到了過去，能夠再一次操著簡單的字彙，充滿著期待，對父親呀呀逑說著，那些平淡生活裡發生的瑣事。

——我們都失智

有一天，父親突然看著我，過了一會兒才問道：「不是開學了嗎？」

我沒有去花蓮，竟然被他發現了啊！……

這句疑問還有另一層。我的解讀是，也許他驚訝發現，自己不再是一個人。

之前，我每週還在花蓮四天的那段日子裡，他已經習慣於當一個孤獨的老人。沒人與他說話，他也不想理人。

（那是否也會是我未來的寫照？到時候，會有誰來跟我說話呢？）

三年前若是選擇了眼不見心不煩，隨便那個跟父親同居的假陸配和我哥聯手胡搞瞎整吧，今天的我又會如何？就繼續待在花蓮過我自己的生活，安穩平順地直到退休那一天，把我自己的人生放第一位，誰又能置一詞？

但，當時的我就是無法裝作沒看見。

打電話怎麼都聯絡不上，不知道父親發生什麼事，我就是會心急想趕回台北了解情況。看見父親總是臥床不起，越來越消瘦，我就是不相信那女人說的，「北杯現在什麼都嚥不下去喲！」所以才被我發現她一直在下藥讓他昏睡。雖然父親早已警告我別干涉他的生活，但是眼看他連命都快沒了。許多朋友都勸我，這事情你管不了，一旦插手，你就得負責到底，你一個人怎麼可能照顧你爸？……

在最煎熬痛心的時刻，我聽見心底有一個聲音：如果什麼也不做，那麼我跟做出那些傷害父親、傷害我的人，有什麼兩樣？……

碰到也遭遇了相似情況的朋友，問我該怎麼處理時，我總有些猶豫。因為，我真正想告訴他們的是：如果還在思前想後，覺得還有討價還價的餘地，尚未到刻不容緩的地步，那就別處理了。

（什麼叫刻不容緩？什麼是該與不該？最真實的答案，只存在一心一念之間。）

現在失去的，在未來還是有復得的可能。也許會很辛苦，但總還是會有機會。只有父母一旦失去了就再也沒有了，真的沒有了。

當時的我所想到的，就是這樣而已。

我說。

．．．

比起兩年前我剛接手時的狀況，父親的精神與注意力明顯改善，不知道是否跟我現在經常在家，總會與他東說西說有關？現在父親不再雙目失焦，似乎慢慢走出了時而沮喪、時而惶然的老死恐懼。對我的問話，儘管多是簡答，但在我聽來已是令人欣慰的進步。

不是那種錯亂顛倒的失智，應該就是退化了，遲緩了，虛弱了。我這樣告訴自己。

父親累了。

活到九十，應該是會累的。

衰老，也許更類似於一種自我放逐，跌跌撞撞地，孤單走去一個不想被人找到的地方。

但是，我彷彿感覺得到，在他衰老的肉身之下，靈魂內裡的自我意識並未消失，只是他被困在一個機械有些故障，按鈕經常失靈的太空艙裡，無法接受到清楚的地球發訊，也因電力不足讓頭腦指令傳達變得吃力。

也許，他正漂浮在人類經驗中最神祕的時空，一個老化後的宇宙，我們每個人都終將前往的他方。

然而探險仍在繼續。每一位老人都正在這段漂浮中，體驗著只屬於他們的宇宙風景。雖無法將這段旅程的心得回傳分享，但不表示他沒有在感受著，感受著那個重力在逐漸改變中的時空。

每一個老人都像是一艘朝更遠的宇宙發射出去的太空梭，生命的探索都仍在進行中。在身邊負責照護的我們，就是他們在外太空漂流時，唯一的地面塔台，他們的通訊領航員。

終會有那麼一日，科技最後幫我們解開這個神祕航程的意義。到了那天，一切都會有解釋，我們的父母在晚年，到底去了哪裡？……

・・・

有一天看護跟我說，爺爺昨天半夜突然起床，跑去廚房開冰箱。

「我問他，爺爺你要找什麼？他說，小弟要喝牛奶了。」印傭說到這裡咯咯樂不可支：「**小弟**？那是誰。他說，我小兒子。我就跟他說，爺爺，你兒子已經長大了，不要喝牛奶了！去睡覺了！講講以後好像他有想起來了。」

印傭覺得這個小插曲很有趣，但聽在我耳裡有一點心酸，一時無言，同時又像是有一股濕暖的風吹進了心口。

閉上眼，想像父親開冰箱的畫面。

我知道，在深層的精神面，父親知道自己在「家」。他也知道，我就在他身邊。

雖然那個我，整整小了五十歲。

我們都失智。

父親無法記得的是剛發生的事，我則是忘記了很久很久以前的那個自己。忘記在我幼小的時候，年輕的父親肯定不止一次，曾在夜裡起來幫我泡過牛奶。

五十年後，這個沉埋於父親記憶深處的動作，突然浮出了水面。我不可能記得的幼年，現在從他的記憶，已成為了我的記憶。

與父親將近十年的隔閡，當中有傷害也有衝突，我自認已盡了最大的努力化解，從悲傷中重新站起來，把這個家恢復，並且擔起照護之責義無反顧。最大的期望，原本只是一個沒有遺憾的句點，但是父親找牛奶的這件小事，卻讓我看到一個新的開始。

我可以想像，透過父親在時空中的漂流，我的軌道也產生了弧形的曲折，我可以同時是年過半百，也可以是兩歲稚齡。

儘管父親與現實當下的聯結已在逐漸退化，但是屬於他的記憶，甚至那些他刻意加密防護的情感，卻可能在他自由移動於老後宇宙的途中無預警地啟動，成為了我的導航。

・・・

漸漸地，父親似乎也發覺我對他的老化遲緩，並未表現出不耐，於是對自己開始恢復了信心，有時還會問東問西，或是發表一些我得揣摩一下才會過意來的短評。

就像他九十二歲生日那天，吹完蠟燭後，他突然說：「你媽生你的時候很開心。」什麼啊？我出生時只有母親一個人在開心嗎？

乍聽之下讓人微愕，多體會一下才明白，老一輩男性多仍不習慣對成年後的子女流露感情，把過世的母親搬出來，也許是父親表達他開心的另一種說法吧？

我應該慶幸，父親還能自己支著枴杖行走不用坐輪椅，糖尿病與高血壓在藥物控制下也都正常。比起太多必須照顧父母長年臥病在床的那些子女，我已是受到眷顧。如果能夠，可以讓他一直、一直維持現在這個狀態嗎？

心裡總還是有著那個忐忑的聲音在自問。

在陽台上放張椅子，讓不想出門的父親坐著曬太陽。沉默了好一會兒後，他伸出手拍拍我大腿，問道：「你要回花蓮嗎？」

當下我一愣。留職停薪只請到下學期，該如何作答？因為那個問句，不是在疑問我怎麼一直在台北，而更像是，一種盼望的轉換說法。怕被遺棄的隱隱不安，只能這樣說出口了……

我笑了，沒多說什麼。父子倆繼續在陽台上曬著太陽。

（那個害怕的孩子，終於長大了嗎？——不，應該說，是已經開始要老了。）

冬陽裡，時間依舊緩慢地滴答滴。我與父親會合在這樣的時光裡，如此理所當然，好像生活本就該是如此進行的，始終都是這樣發生的，不管誰是年少，誰是垂老。

初老的我，與一步步走向終老的父親。

是的，父親用他神祕且不可理喻的方法，正在帶我認路。回家的路。不再是父親與嬰兒，兒子與老父，終於，我們成了一起在老去著的同伴，**我們要一起回家**。

也許未來仍是孤獨，但我至少明白了一件事。老，就是為了要讓每個人懂得，何時應該回家。我們也許曾錯過一個家，失去過一個家，忘記了某個家，但在五十歲之後，我們都在回家的路上。

黃金歲月中，為了冒險，我們曾經離去。銀光中，為了回家，這次仍然是一場冒險。我們還要再勇敢一次。

就在那無聲的一刻，我清楚意識到上一段與下一段的人生中間，有一道顫動的影子，如水波微光的邊緣。我發現，自己正站在人生的另一個起點。

—— 更好的人

四月到六月，換了三個看護。

只有請過看護的人才會懂得這中間有多波折。幾千家登記有案的仲介，送來了什麼樣的人要看運氣。

運氣的是，留職停薪侍親假到底沒白請。之前那個看護跑掉，這一折騰就是三個月。中間空窗期快一個月，從早上九點到晚上十一點，我沒一刻得閒。每晚結束都跟自己說：今天又賺了兩千五。那是所謂台傭的一日工資。

沒有真正投入過父母照護的人，無法想像這份工作包含多少瑣碎細節，多少不確定帶來的壓力。之前每週四天在花蓮，回來台北看到表面上一切如常，不知父親不肯吃飯是因為看護每天都做一樣的飯菜。萬一是在安養院，他們就給他插鼻胃管灌食，那怎麼辦？

裝監視錄影器嘛！大家直覺反應都一樣。但就算從監視器中看到異狀，人在花蓮可以立刻就殺回台北嗎？摸清楚我哪幾天不在的看護，想矇騙自有漏洞可鑽，不可能看不出我的弱點：人在外地，又是學期中途，我怎可能隨時開除她？問題的根源，因為只有我一個人負責照料。我若長時間不在家，無疑讓各種突發或蓄意，都有了可趁之機。

唯一的解決之道，就是我必須時時出現、不定時出現、隨時做好一有問題出現就自己上陣的準備。沒有其他家人，沒有替手，只有事事躬親。

（說到底處，希望給老人家一個什麼樣的晚年，這是做子女的**心願**，不是履行一份**義務**啊！）

那日，難得看見父親精神較好，自己拄著拐杖走到荒廢已久的書桌前，摸摸這又摸摸那。翻翻往日的速寫簿，毛筆排一排，把印泥也打開來看了看。不說話，好像是無意識，又好像心有所感。雖然只是一次偶發的舉止，我看在眼裡不禁感慨：每個老人最希望的，難道不是待在自己最熟悉的地方，身邊有他最熟悉的人？

（就讓他無論何時，突然想起了什麼的時候，可以安心發現一切如昨吧！）

⋮

一位老友在母親突然中風後傳訊給我：「去年讀你新書的時候，我沒有什麼感覺，竟然都沒想到，其實我的父母也很老了……真的很悲觀，我們的 prime time 已經結束了。」

最後這一句最讓我印象深刻，彷彿他的好日子全因父母的老病給毀了。

很想回他一句：就算父母沒有倒下，我們的生活也不見得會更好。

彷彿看到在這座華燈初上的城市裡，許多年老的單身兒女，與他們更老的父母，如同海底被白化侵蝕的珊瑚礁，正無聲地從這一叢蔓延到下一叢。

這並不是一場無法遏止的頹勢。然而每天只看到媒體上充斥「人口老化」、「高齡化社會」這些帶著恐嚇性的字眼，彷彿老人是另外一種物種，「他們」與「我們」應該堅壁清野，最好能把老人控制在某一條鴻溝外，不要來影響我們的生活。

（但是年過五十的我們，哪家沒有一個八、九十歲的老人呢？）

⋯

不是沒有想像過，如果過去這些年父親身體依然健朗，我的生活又會是怎樣的呢？

也就是如同過去一成不變的生活吧？我想。

遇到週末，有空的話就問問父親要不要一起吃個飯，沒空的話就打通電話。也只是報平安。兩個男人在電話上聊家常畢竟太少見。我根本就不會意識到父親年紀已經很大了。然後，對改變自己的生活，我越發失去了動力。對父親一旦倒下的話該如何應變，一概無知，也無心去研究，或下意識根本就是盡量擱置逃避這個問題。過一天是一天，只要沒事就不要多想，自己的事情永遠還是第一位。再孤單也不想打電話讓朋友覺得我最近過得很悶。跟父親一言不和就在心裡賭氣：以後我才懶得再管你的事……

（沒有到事情發生的那一天，多數子女都是這樣過日子的不是嗎？）

不是不知道，這樣的人生早已經出了問題。

無法記得有多長的時間，我活成了一個不斷退守的人。努力企圖隱藏自己的不快樂，既不能誠實，也無法不誠實，只好用孤獨築起高牆。

甚至以為，藏身於東海岸的大學，過著與世無爭的生活，可以讓自己擁有平靜。也曾以為，研究與教學可以讓自己免於面對創作時無法誠實的煎熬。想要創作的渴望一直被壓抑，與他人之間的距離越來越遠，我一度陷入人生毫無目標的困境。

但是就像大多數我這個年紀的人，木已成舟，改變總顯得遙不可及，既心懷恐懼，也缺乏動力。更不用說，已經投下去的十幾二十年人生，怎麼甘心放手？

（改變，不就等於承認，過去是場失敗？）

⋯

是失敗了，我承認。

也許是失敗得還不夠徹底，所以仍然在硬撐著，直到三年前一連串變故，逼我不得不真正鼓起勇氣面對自己。

事情會走到這地步，不可能都是別人的錯。沒有單一的生命問題，所有問題總是一環扣一環，結結相纏，要像清理一捆亂電線那樣，只能耐性地一點一點把它打開。

找到問題所在，往往解決之道也就浮現。做不到，一直覺得「問題太複雜」，事實上，複雜的不是問題本身，而是我們的心。

一九八〇年代曾很受推崇的小說家安德魯．哈樂朗（Andrew Holleran），到了一九九〇年代，有很長一段時間消聲匿跡，離開了紐約，搬去佛羅里達照顧他重病的母親，這一照顧就是六、七年。

二〇〇六年，六十四歲的他出版了一本自傳性小說《悲傷》（*Grief*），主人翁是一位與他相似的老年同志，同樣照顧臥病多年的母親。書中有一段話特別讓人感到驚心動魄，大意是男主角因為自己年老色衰，成了一個不快樂的單身同志，他後來懺悔自己將母親帶進了他的自怨自艾裡。他說，是我的孤單，是我單調無趣的人生，最後讓母親放棄了活下去，殺死母親的兇手，是我……

一度我無法不擔心，自己哪天也會變成這樣的人。

⋯

那日，一位出版界的資深大姐見到我，問起爸爸的情況如何，我把換了三個看護的過程簡單交代了一下，她聽著聽著突然插話：

「搞不好你比你爸先死咧！」

我不以為忤，坦言這也是我的擔心之一，因為已沒有任何家人在世可託付⋯⋯云云，對方快人快語，立刻又接了一句：

「這就是給你這種不結婚的人的懲罰！」

我聽了這話相當震驚，因為她也終生未婚，也經歷過父親長期臥病，怎麼會把家有老人需要照護這種事，用這麼偏激的言語醜化？

讓我更震驚的是，自己未經思索就立刻做出的反應——

「為什麼會是懲罰呢？妳怎麼知道，這不會讓我成為一個**更好的人**？讓我變得更有耐性，更有智慧，更獨立堅強？」

直到脫口說出了那幾個字，我才終於放心，知道自己永遠不會成為像哈樂朗那樣的老兒子，因為我看到自己的改變。

唯一能做的，也就是改變。

還能夠改變的人，或許才是自由的。

換作是從前，我可能只會很受傷地默默轉身離去，面對那樣明顯的偏見與歧視，我可能立刻想躲回自己熟悉陰暗的孤僻裡。

我懷疑對方打心底憎厭照顧臥床父親的那段記憶。更有可能，她認為一個男人家成了看護，是件可笑且可悲的事。

那麼，在受懲罰的人是她，不是我。我跟自己說。

那當下我變得如此理直氣壯，我聽見自己的聲音裡絲毫沒有氣憤或驚嚇，也沒有因為這段時間離開職場而有了低落的心情，更不因為自己是個無法擁有婚姻的同志而覺得遭到迫害。我相信，如果不是發自內心，在短短不到兩秒的時間裡，再怎麼辯才無礙也不可能如此四兩撥千金，立刻就讓對方理虧無語。

不亢不卑，不羞不惱，讓自己成為一個更好的人，我想，我可以的。

—— 感謝孤獨

在等待外勞的那段空窗期，我經常在父親上床就寢後，獨自來到巷口的超商，點一杯三十五元的熱咖啡，然後坐在店門口的板凳上，放空。

所有其他工作得暫停倒是其次，不斷重複的單調也可以慢慢適應，最讓人不習慣的，反倒是夜晚到來。當一切勞動隨著父親入睡而告一段落之後，一時間我總有種不知今夕是何夕的迷惘。不知道是該高興這一天又順利平安落幕，還是該對於未來一切之不可預測繼續懸心。

悄悄出門，抽根菸，慢慢啜飲著熱咖啡，故意讓自己放空。除此之外，我無法期盼還有什麼更好的獎勵給自己。

外面的世界都有點陌生了。

感覺自己像是來到某個遠方的城市，語言不通，地圖失靈，我無法跟任何人互動。大半生都以創意分析解讀評論這些抽象性的思考維生，突然過起了一種純粹勞動性的生活，一開始完全抓不到節奏，好像我被塞進了另一個人的生活。

老實說，如果不是有那些願意離鄉背井來台的外勞，一整天陪伴在老人身邊，像我這種毫無親友家人幫忙的老單身，要如何應付得過來？在我們的國家沒人要做的工作，有她們的相助應是大幸，為什麼她們仍會遭到異樣眼光？

忙完一整天，獨自在超商門口喝杯咖啡時，我特別能體會這些外勞的心情。

那樣與周遭格格不入的疏離感。

那種等到夜闌人靜後，終於可以擁有一點點自己時間的盼望。

或許這時，她們正開始忙著打開 LINE 或視訊，與遠方的家人聊聊天，聽聽老公或父母的安慰打氣，聽聽他們收到了匯款之後做了哪些事，孩子的學費繳了嗎？新房的貸款付了嗎？也許感到眼角有些濕濡，最後還是笑著報了平安，道了晚安，等在眼前的明天不是同樣的勞動，而是再八、九年後，全家經濟改善後的新生活……

但是，那樣的夜晚，我沒有任何人可以說上幾句話。

沒有人，除了我自己。

・・・

好吧，也不完全只有我自己。

因為每晚跟我一樣按時會出現的，是一個蓬頭垢面、衣著邋遢的男子，帶著他那條年事甚高的老狗。

他跟我應該差不多年紀，連續幾天都穿著同樣的那身運動褲與破汗衫。不是遊民，因為會看見他回家，就住在我們老家的同一條巷裡。

那隻老狗體積很大，混種的黃金獵犬，常是臭哄哄的，主人沒替牠刷洗。或許也不能說是男子的失職，因為那老狗行動很遲緩了，洗澡對主人與狗來說，也許都是一種痛苦。

我們彼此從不打招呼，就這樣每晚相同的時間出現，一起發呆。

後腿已無力站立的老狗，起身前都得讓主人先把牠的下半身抱起，再慢慢放下讓牠著地。

老狗不時用怯怯的眼神望著主人。

・・・

然後，就在我眼前，那天晚上老狗怎麼也站立不起來了。男子使盡力氣想要把大狗抱回家，但實在是太重了，他試了幾次後放棄，無助地跟他的老狗對望著。

我心想，他會開口要我助他一臂之力嗎？

就在這時候，超商收銀員出現了。瘦竹竿似的男生，推出了那台他們店裡用的運貨板車。

把狗抱上推車回家的過程，那男子從頭到尾都是默不作聲的，不像有些人把寵物當人，會不停與毛小孩說話。他也沒有驚惶，好像對這一天的來臨心裡早有準備。從他搬運老狗的動作之熟練，任何人都不會懷疑他經常如此幫助狗兒移動。

但，總覺得這一切看起來仍少了點什麼。

他與狗兒的關係不像朝夕相處的家人，倒有點像是一起服刑的犯人，每晚出來放風。

如果是一隻小狗，或許還可以像現在許多飼主用嬰兒車推著毛小孩散步，但男子知道，用板車推著這樣一條大狗走在路上太誇張了，所以每晚他們也不走遠，出門就只來到巷口超商，歇息，沉默。

一個非常小的兩人世界，小到多一點聲音都好像會變得擁擠，最後只能安靜地一起孤獨著。

．．．

我不知道那男人是否獨居，是否還有其他家人。總是看他獨來獨往，破衫亂髮，不會打理自己，也不與人互動。可是也並非完全麻木不仁，至少，他渾身上下每一處都寫著「我不快樂」，如同一株人形仙人掌。

我發現周遭環境裡，這樣的人似乎越來越多了。

（這樣的人，往往身邊都有一隻貓或狗。）

那男子，散發著一種對生活不抱持任何期待的萎頓氣息，帶狗出門彷彿是他不得不然的最後生存妥協，容不得再有任何多餘的情緒來侵犯。我們從沒有過任何交談，事後想起來，這或許便是原因所在。

我不知該同情主人，還是該同情那隻狗。

雖然主人照顧了牠的生活，但卻也把牠關進了一個沉悶、委屈、冷漠的世界，在一種共同毀壞的情境下相依為命。

是男子的不離不棄值得效法？還是散發著臭味的老狗，沉默地承受著飼主的失能潦倒反更值得同情？

・・・

超商前，老狗寂寞地等待著牠的倒數。

除了接受自己已老殘之外，牠沒有其他的選擇，只能繼續一天又一天地老化衰敗著。

牠對死亡沒有想像，也無從理解，更不需要有告別的準備。

但人類不同。

理性與感性。墮落與昇華。肉體與靈魂。自由與歸屬。中心與邊緣。過去與未來。記憶與遺忘。擁抱或轉身？隱藏或公開？出走還是歸返？To be or not to be？……

活著，就是永遠在整理著這些牽絆。

人類可稱為高等生物的證據，就在於知曉自己在經歷著什麼，可以決定自己要以什麼方式面對衰老，能否還來得及做出改變，還有機會將該原諒的、該放下的、該感恩的、該無憾的、該有愧的……這種種列出清單。

動物的老死只有一種樣貌。人，卻可以從重如泰山到輕如鴻毛，從千山獨行不用相送到族繁不及備載——

但絕大多數的人還是難以接受，走的時候是自己孤單一個人。

．．．

卡繆的《異鄉人》裡也有一對人與狗的故事。

主人翁的鄰居之一就是個獨居老人，養著一條癩皮狗。每天，老人拖著老狗出門，老狗一定死也不從，最後換來一頓拳腳與辱罵，同樣的劇碼日日上演。直到有一天，狗不見了，據老人的說法，是趁他一不注意時溜走了。老人非常後悔又焦急，擔心老狗會被捕捉後處死。

（也許，真正應該掙脫枷鎖的，是人而不是狗。）

有一陣子，還真有不少朋友會帶著同情的口吻建議我，要不要養一隻狗作伴？狗很貼心很療癒喔……我幾乎都是不假思索便回答：不。

狗太敏感了。許多朋友養的狗在我看來，比主人還需要吃抗憂鬱症的藥，困在自己無法表達的情緒裡，突然在你跟前團團繞著吠叫，下一秒又黏膩如嬰兒般依著人發抖。我不是沒擔心過，自己萬一養狗就會成了卡繆筆下的那個矛盾老人，跟我的狗陷入難解的愛恨糾纏。

嗯……也是，狗很需要主人的關愛。聽我這麼反駁，不肯放棄的朋友會繼續建言，似乎認為我的孤獨已經滿到了警戒水位：那養貓好了。貓咪不膩人，牠們很獨立——

那養牠要幹嘛？我在心裡反問。

孤獨的人身邊一定就要有另一個體溫嗎？

讓另一個生命成為自己生活裡的排遣，送美容院穿寵物衣戴鑽鍊，我想不出有比這更殘忍可笑的事。

此外，真正讓我糾結的是，多半的時候，寵物都會比主人先走。

每個生命的盡頭都是同等的莊嚴，何苦要另一個生命鞠躬盡瘁，只為了給自己作伴？

經過這些年才慢慢意識到，在感情的世界裡，我一直就像那隻乖順的老狗。

認定了身為一隻狗就得有一個主人，否則就叫做喪家之犬。

同時我也像那個不快樂的狗主人，總是帶著老狗坐在路邊，向這個世界低嗥齜牙：「你們看看！你們看看我為這隻狗所做的一切！像我這樣一個有感情有人性的人，竟然被你們誤解排擠，害我最後只能晝伏夜出，孤獨地坐在這裡！」

我跟我的孤獨，多年來就像那隻老狗與牠的主人，始終彼此廝纏。

雖然我不需要另外一隻狗的陪伴，可也沒有人認養我的孤獨。

・・・

前情人的浴巾，一直被我掛在陽台衣架上。任它風吹雨打了兩年，我始終假裝它並不存在。

不論是把它收藏摺起，或是扔掉，都有太戲劇化之嫌。我只是偶爾瞟它一眼，讓它繼續風乾，等待它成為標本。

終於等到這一天，我抽身成為了旁觀者，看著那條浴巾時不再心驚，也沒有突襲的回憶，發現自己並沒有想像中軟弱，終於可以對自己說——

我現在很好。

雖然不是第一次等待漫長的傷口癒合，但這一次，我突然很想永遠停留在如此無波無痕的狀態，讓這一句「現在很好」成為細水長流。

（可不可以從現在起，專心求一個自在就好？）

（一直渴望卻不知究竟為何物的愛情，能不能就當它是，放在銀行裡一筆不想動用的定存？）

曾經給我帶來痛苦的人，請他們離開。擦身而過的，從來就不值得頻頻回顧。要學會少一點自苦，多一點自嘲。大方發一則簡訊給放鴿子的對方：「沒禮貌」。約會不成功，就當是接受了一次市場問卷調查。我沒有車……沒上健身房……我也不愛旅行，不愛名牌，不愛肌肉男……不愛不愛，你愛的我統統不愛，謝謝。

高舉「單身萬歲」、「單身無罪」這類理論大於實際的標語也多餘了。不如就事論事，既然百分之九十的人生都是單身，那麼一個人過絕對比跟另一個人一起生活要拿手。應該要為自己拍拍手：「哇你真行，可以一個人活這麼久！」、「能夠一個人解決這麼多問題，不錯喔！」而不是：「為什麼還是一個人？」

曾經擁有過的武裝，就把它們一件一件當作是借來的道具，好好擦拭裝箱，因為人生已來到了要歸還它們的時候。
成見歸還。不甘也歸還。
猜疑算計、軟弱逃避也都打包上路。
少了不甘，還原到四十歲還有夢的時候。
少了猜疑，還原到三十五歲還會談理想的時候
少了成見，還原到三十歲還能交到好朋友的時候。
因為少了……就還能夠……

有一種孤獨，是因為**求之不得**，被迫放棄了最初所期待中的，與這個世界產生關聯的方式，拒絕再嘗試。

另外有一種孤獨，是因為**心安理得**，讓自己安靜沉澱，決定專注在認為值得的事情上就好。

五十而知天命，不是因為能未卜先知，而是漸漸知道哪些人哪些事，已經與自己無關。

最難面對的孤獨，是在求之不得後找一個替代品自欺，最後連自己都變成了陌生人。

PART TWO

高年級的生活練習

——老味道

每回新看護報到，帶她去買菜便成了當天的首要任務。

讓父親住在老家不搬動，因為去醫院回診可以慢慢散步就到。下樓巷口就有

7-11，走到下個巷口就是一家全聯超市。對面小鋪有他喜歡喝的銀耳蓮子湯。再走三分鐘就有傳統市場。市場旁有麥當勞，父親喜歡他們的鬆餅早餐。

我帶著新到的印傭，沿路邊走邊指給她看。走進超市，迎面而來霜霧低溫，暫時平息了我每日疲於奔命的焦躁。印傭推著車，跟著我首先來到蔬果葉菜區。

父親的牙齒比去年差了，以前他愛吃的花椰菜與空心菜，現在嚼不動了。但是他還有最愛的南瓜和洋蔥。四季豆切細細，悶煮得軟些，淋上一點蒜蓉醬他也可接受。南瓜用蒸的，還可以打成漿煮湯。洋蔥配炒火鍋用的牛肉薄片，也都要切細絲才成——

我邊從冷藏架上取菜，邊對著印傭說明。但一回頭，看到她既像怯生、又像是放空的眼神，我跟自己嘆了口氣。

（還是等回去之後，要她拿著筆記本站在旁邊，一道道實際示範做給她看吧！……）

我沒有食譜，也沒有那些琳瑯滿目的廚具用品，我做菜全憑記憶。據母親告訴我，很小的時候我就會一個人坐在電視機前，安靜地看上大半天。最早的電視兒童，父母都在工作，伴我的就是那台長著四隻腳的黑白電視機。很奇怪啊，才四、五歲，你最喜歡看的是傅培梅和京戲，母親說。

我不記得了。

只記得我們家一向吃得很簡單，而我從小氣喘病得忌口，所以很早就被訓練得不嘴饞，對美食沒有多大興趣。長大後看到什麼出名的小攤前大排長龍，那種只為了一解口腹之慾而傻等的行為，我都暗自在心裡嗤之以鼻。

但是，也許就是因為不貪吃，我的口感記憶反變得很純粹，吃過的味道都會留在記憶裡。

・・・

小時候，氣喘病除了天氣變化時會發作，食物過敏也是原因。五十年前醫療還沒那麼發達，要找出過敏原的辦法無他，就是一樣一樣食物持續地測試，因此兩歲大的我就只好一次一次地喘，最後換來大人的一聲恍然大悟：喔——原來這個不能吃，那個也不能碰。

氣喘病一發整夜，氣管絨毛全都立起，徘徊在一口氣只能吸到半口的窒息邊緣，越是凌晨發得越凶，實在不行了就得跑急診用氧氣。那時醫生總說，只能忌口，沒別的辦法。等等看，青春期發育時體質會改變，到時候也許會好轉。

還是幼稚園稚齡，我已能乖巧地遵守忌口戒令。一直到了上高中，還是不能吃枇杷，還有其他一切表皮帶絨毛的蔬果，如冬瓜。

但，這還只是忌口食物的其中一類而已。能吃什麼，不能吃什麼，至今仍牢記在心，可見當年風聲鶴唳之程度，全刻進了一個孩子的心裡。

海鮮全部不能碰。

可以吃橘子，卻不能吃柳丁跟葡萄。

雞肉可以，鴨與鵝肉不行。

摻了化學調味的果汁與糖果也不可以。

冰品尤其大忌。

更匪夷所思的是，所有青菜一定要熱炒過，只是汆燙不行。

……

可想而知，做飯時的手續因此變得多繁雜，每做一道菜，一定要洗一次鍋，連鍋上沾過這些食材都危險。若偷懶省了手續肯定人贓俱獲，我必喘無疑。

要能忍住那些滋味的誘惑何其不易，更不用說，從不知海鮮味美與冰沁爽口是多麼悲傷無趣的人生。

我的童年超辛苦。

・・・

家裡最會做菜的向來是父親。母親是二廚，負責把菜洗好切好，父親是大廚，都由他來掌勺。父親讀北平藝專的時候，據說每天都得趕回家給他爺爺做飯。

（也許做怕了吧？我有他的遺傳，跟他一樣，會做卻不愛做。）

母親在許多方面都敏銳，雖是職業婦女，打毛衣修改衣服布置裝潢這些家政科目都在行，唯獨在味覺這件事上不行。有時米飯沒熟透，成了「夾生」她卻吃不出來。怎麼會這樣？這點讓我一直很納悶。

但是母親仍然常常心血來潮，看到電視裡教了什麼料理，也會躍躍欲試。四十年前美乃滋還是新鮮玩藝兒，不像現在現成包裝隨處買得到，只有在日式餐廳裡點了炸豬排，才會在盤子上很小氣地放上一些。母親看到電視上教如何自製美乃滋，原來就是用蛋白和沙拉油打出來的啊，她馬上也想來試做。

殊不知，沒有家用電動打蛋機的時代，要用手工把蛋白與沙拉油打勻，還要打到整個成為奶油似的稠糊狀，竟是非常、非常費力的事情。她打累了換我打，然後哥哥補習班下課了換哥哥打，最後終於打出了類似成品。

大家滿懷期待等著品嚐，一輪試吃完都沒人出聲。然後下一秒，一家人不約而同全都大笑了起來。

哈哈哈這是什麼東西啊？……

走在超市一排排的冷藏櫃前，不知為何，總會想起很久以前，每到晚飯時還有四個人圍坐成一桌的那個家。

・・・

在家用餐都得隨時提防萬一，外食那更是麻煩了，必須再三跟店家確認調理方式。能夠讓人放心的有限，最後只有少數那幾道菜，算是被列入了安全名單。

童年時居家附近沒什麼館子，除了一家小小的港式餐廳。店雖小口氣卻不小，取名「六國飯店」。

長大後才知道，在上個世紀初的中國，「六國飯店」是多麼響亮的一個品牌。從民初北京的「六國」，到香港灣仔的「六國」，戰亂烽火與殖民踐踏都鏽蝕不了那繁華金粉的想像。連在當時還稱為永和鎮的鄉下地方，都還有人企圖擦亮那份記憶。

經濟拮据的民國五十年代，那樣侷仄的一方空間，已算得上是一間像樣的館子。永和的六國飯店，緬懷的是香港灣仔粵菜的風華。

只可惜當時年紀太小，不知道這樣一個店名，暗藏了多少時代流離下偷生的悲歡。直到體會過了人生的無常，如今才懂得了，想要挽住一點過往，抵擋失憶蔓延的一點小小堅持，也是一種偷生。

最早在那兒用餐的我，還得坐上他們的兒童高腳椅。光從這高腳椅的設備就可看出，老闆經營得有板有眼，每桌必會放上一壺茶。此外，還有早已被濕紙巾取代的熱毛巾，撲鼻全是花露水的人工香。落難來台的老闆，真以為自己經營的是「六國」的台灣分店呢！

正如我仍記得「六國飯店」裡那兒童高腳椅扶把的觸覺（塑膠仿製的藤編家具，有些地方已脫線）。如今閉起眼睛也依然能看得到，當時我們一家四口圍桌而坐的畫面。那樣的時光很短暫，這個家在往後的印象中，似乎一直是處於分崩離析的狀態。

．．．

我看到梳著鳥窩頭的母親一定先用熱茶涮一下筷子湯匙。

茶壺壺嘴上套著一個透明塑膠管，好讓茶水引流不四濺。

（不曉得快五十年過去了，我為什麼還會記得這些小細節？）

結帳櫃台上方懸著紅、藍、黃三色瓶狀的美術燈，我總愛盯著它們瞧。室內燈光柔和不刺眼，想來也是老闆的講究。

（啊，我也看見他了。一個總是頭髮梳得油光的中年人，小個子，永遠是白襯衫與深色西裝褲。）

菜單是裝在塑膠套裡的兩頁手寫鋼筆字。廣式燒鴨沒我的份兒。菜遠牛肉裡的芥藍菜是水煮的不行吃。所以，永遠我只能吃同一道。那就是，滑蛋牛肉飯。

不知道當年的那個大廚對那些牛肉施了什麼咒，至今還沒有吃過比童年時的「六國飯店」更軟香滑順的牛肉。肌筋全化為無形，咬下去彈性十足，沾著滑蛋與蔥花的清香入口，嫩如魚鮮。

長大後，形容那樣鬆軟的口感給朋友聽，對方很煞風景地告訴我，很可能廚師用的不是小蘇打，而是直接把牛肉浸在工業用的鹼水裡。

即使如此，我仍對它念念不忘，在任何地方，只要看到菜單上有「滑蛋牛」三個字，就定要點來嚐一嚐。然而，從台灣吃到紐約唐人街，口味離記憶中的「滑蛋牛」總還差了一截。

牛肉不夠滑軟也就罷了，有的連蛋花都調不勻。滑蛋汁也是有學問的，蛋若結成了碎塊，整道菜就毀了。一定要像大理石紋路那樣散布的蛋花，在熱油勾的芡裡彷彿有自己的生命似的，還在游動的感覺，那才叫「滑蛋」啊！

・・・

三年前，第一個印傭來上工，問她會不會做菜，她說會。沒想到她每天都端上貢丸湯和蛋炒飯。

起初我的腦中一片茫然：要怎樣教會她我們家的口味呢？

還在帶便當上學的時代，我就從同學們的飯盒中發現，每一家原來都有幾樣固定菜色。沒有這些基本款，也許就不成一個家吧？

就這樣，時隔多年後，我再度走進了廚房。

我努力回想家中常吃的每道菜。那就像是，努力默寫著曾經背過的某段課文，當原來接不下去的一句突然又在腦海中閃現，竟有一種難言的悲喜交集。

過世的過世，失智的失智，除了我，如今能記得家裡餐桌上菜色的，還有誰？

我想起了清炒土豆絲。

我想起了木須肉。

還有芙蓉雞丁。

豆豉蒸肉餅。

酸菜炒鴨血。

青椒鑲肉。

……

馬鈴薯在我們家叫做「土豆」，清炒的時候放上一匙烏醋，這樣吃起來特別爽口。炒木須就是肉絲、木耳絲、冬粉和蛋。蛋炒碎了就盛起放一旁，否則炒久了會乾硬。芙蓉，就是蛋白。把雞里肌肉切成碎丁，快炒，最後將蛋白淋上，輕輕攪拌後，馬上關火，讓蛋白停留在鬆軟的狀態……

新到印尼看護看著我一道道菜示範做法，突然用生澀的國語說：「以前我那邊工作不一樣。」

「妳是說這些菜嗎？」我頓了一下才明白她的意思。「這些都是外省菜。」看著她一臉茫然，本想問她在之前的雇主那兒都學了什麼菜。但是忽然我明白了，就算是同樣的配料與名稱，每一家都有屬於他們自己偏好的鹹淡與酸甜。

就好像那道「滑蛋牛」。

沒有兩家的口味是一樣的，即便那是每家港式餐廳必有的招牌菜。

・・・

成年後雖仍會因天氣變化而偶爾哮喘，但不必再忌口。什麼都可以吃了，卻經常沒胃口。加上作息混亂，總是在一般用餐已過的時間，匆匆在街上找些東西果腹。

每週為教書兩地奔波，外食仍是唯一的生活選擇，大多時候連一盤剛起鍋的炒飯或一碗熱湯麵都成了奢侈。連鎖超商開始流行開闢用餐區之後，微波食品放個兩、三樣在面前，有時雞湯排骨飯配一盅沙拉，好像也挺豐盛。

一回，抵達台北時已七點多，隨意跳上一班公車，晃到永和將近九點。在離家最近的路口站下車，四下黑漆漆的，只瞧見一家敞著門的海產店，準備開始宵夜的生意。

進去才發現，這不是台式的海產店，不起眼的店面賣的竟是港式海鮮料理。廣東話口音的老闆幫我點好了菜，心血來潮的我不知為何，隨口又多問了一句：有沒有滑蛋牛肉飯啊？

可以幫你做啊，有點年紀的老闆冷冰冰地回答。

如果，廚藝也如江湖武術門派，那麼我相信，曾經在香港出現過一個門派，他們的獨門絕技就是滑蛋牛肉飯。但是傳人太少，此門派並無在粵菜料理界闖出什麼響亮名號。在失傳多年後，他們的滑蛋牛肉飯，在時隔近半世紀後的這個晚上，竟因一位誤闖的顧客不按菜單點菜，終於又重、見、江、湖了！

入口的那一刻，可想而知我是多麼震撼。

一直以為是我執迷於一去不回的過往，或是我自己幻想出了一道無人能及的滑蛋牛肉飯，沒想到此刻竟然被證實，它的存在不是幻覺。

勻淨的蛋花，撲鼻的蔥香，還有那軟彈滑嫩的牛肉片，與童年記憶中的口感已近乎原味重現！

．．．

近乎重現。

多吃上幾口後，不免仍感覺有那麼一些些的，說不上來是什麼的微小誤差。

也許不是烹調的技術，而是歲月為這道菜，多添了幾絲悲從中來的滋味。

不知道這家店之前到底開了多久，老闆對我這位每次只點滑蛋牛肉飯，外加一道海鮮湯的客人並不放在眼裡，態度始終冷淡，因此我也從不與他攀談。

但是，將近有一個學期，每週回到台北，我總是迫不及待固定報到。總以為宵夜場才是他們的主力，我出現的這個時段門可羅雀是正常。

接下來因為父親失智，為了兼顧工作與照顧老人家而疲於奔命，一忙就是兩個多月沒空上門。再去的時候只看見小店鐵門拉下，已歇業收攤了。

儘管悵然，我也只能跟自己苦笑一下，接受了這就是，人生。

── 長照食堂

也許是心中一個傻氣的假設，認為只要父親吃得好，身體就會有抵抗力，不容易生病。只要有正常進食，表示身體無病痛，心情也還可以。看他怎麼吃，吃多少，成了我觀測他每日身心變化的重要依據。

那一陣子父親吃得越來越少，起初以為是他的咀嚼或吞嚥出了問題。觀察了一陣子，好像又不是。

慢慢才發現，父親好像在掩飾著什麼。放在面前的菜，他看不清楚了，所以他不動筷，因為不知道該往盤中的什麼東西下箸。

啊，原來不吃麵條也是類似的原因。東一根西一根的麵條挑不起來，就算挑起來，送進嘴裡後也因無法俐落地用力吸入，所以一根根麵條總是七零八落掛在嘴邊，弄得有點邋遢。

我明白了。父親記憶雖衰退了，卻仍有自覺，擔心自己會顯得老殘，所以寧願不吃也不要吃得狼狽，吃得哆嗦。

這樣的情形持續多久了？我心中十分不忍。如果早點發現就好了。但是之前在家的時間太少，看護根本不會注意這樣的問題。

我跟新來的看護說，用餵的吧！

但是父親堅決不肯，還是要自己來。

被餵食，對他而言應該是另一項自主能力的繳械，所以抗拒自己成了類似癱瘓，只能呆呆張口的無能老人。

還是要給他一雙筷子，即使他不用。

不能用湯匙餵，湯匙讓他覺得等同失能。

我監督著，看著印傭慢慢練習用筷子，一口菜，一口飯，而不是飯和菜都放在湯匙裡，一股腦全塞進父親嘴巴。

我持續地觀察，希望能找出讓父親接受有人「協助」他進食的方法。

要把盤子端到他面前，問他：「爺爺，吃魚好嗎？」「吃小黃瓜好嗎？」

……我這樣告訴印傭。

要讓父親覺得，吃什麼不吃什麼，還是由他來決定。

・・・

又老了一歲的父親，很多東西嚼不動了，菜單必須重新設計。於是，除了時時在想菜單，我也開始自己發明菜色。

豆腐是絕對少不了的。不得不佩服老祖宗的這項發明，簡單的乾煎，放進蔥蒜、醬油與一點糖，燜上一會兒起鍋，其實就很美味。

冷凍蛋餃不光是火鍋食材，配我的煎豆腐，加上韭菜，就成了另一道自己發明的新菜。黃色的蛋餃，白色的豆腐，青綠的韭菜，小火紅燒一下，色香味俱全，我把它取名為「金玉三鮮」。

豬絞肉容易帶筋，後來我都改用雞肉做丸子。這時豆腐又派上用場，肉裡加進豆腐、蛋白與太白粉，可增進它的滑嫩。混進剁碎的薑末就可以去肉腥味。加入洋蔥末，軟中帶脆，可以讓口感更好。

一包絞肉可以做十個丸子，但父親一餐只吃得下一個，怎麼辦？所以，先把丸子丟進滾水中氽一下，不等它全熟便立刻撈起，放涼之後，裝進一只只小塑膠袋裡，然後冰櫃冷藏，這樣丸子就可以保持柔嫩。

鮮蝦剁碎成泥，也可做成蝦丸子或蝦餅。但是蝦泥裡要放進一點肉末，增加它的硬度，否則下鍋會成一攤漿。摻入薑末蒜末去腥之外，紅蘿蔔切成碎丁混入蝦泥也可以增加甜度與鮮度。

蝦泥可以捏成小丸子，跟豆腐一起燉成海鮮煲。或是捏成漢堡狀，放在鍋上煎熟，最後灑上一點迷迭香的碎末。另外，也可以把豆腐切厚片，中間剖開，把蝦泥鋪於其中，放進電鍋蒸透……

這費心設計出的食譜，我暗自希望，或許能讓「家還存在」仍為事實。我以為，這些菜色就像是不需言語確認的感情，我相信父親吃得出來，那是我們共同的記憶。

但，這畢竟只是我的期望。

每道菜的做法我也就示範過那麼一次，之後印傭也有了自己的意見與創意，做鴨血的酸菜拿去煮雞湯，蒸肉餅時用的豆豉被省略，蝦丸與冬瓜配了對……每一道菜都開始走了味，或是說，慢慢添進了她的味道。

（原來那樣煮爺爺不愛吃，她總會這樣解釋。）

⋯

想起夏天的時候，為了訓練這個新看護，差點搞到自己抓狂。

我能理解，她們之中不少人曾遇過幾近虐待的惡劣雇主，所以都會互相警告，先裝不懂不會，試探雇主的底限，摸清這家人的狀況。如果雇主大而化之，她們也樂得摸魚有理。雙方一開始的磨合很像是諜對諜的鬥法，再加上我被之前的看護與仲介搞得焦頭爛額，這回更是神經緊繃。家裡沒有旁人可以隨時監督或當下糾正，只能我一個人未雨綢繆，把所有狀況都先做好防備與假設。

兩個月後我陷入極度低潮，太陽一下山就開始焦慮，只好約出在當精神科醫生的朋友，跟他說我非常討厭現在的自己。

我從不是個疾言厲色、斤斤計較的人，但我發現自己現在每天都要板著臉訓斥：怎麼會連這麼簡單的事都做不好？⋯⋯跟妳說了多少次為什麼還會忘記？⋯⋯

說著說著，又講到了哥哥與母親的過世，都是才六十多歲，怎麼會這麼突然？還有我以前在副刊工作時的老長官，為什麼也是六十出頭就突然癌症過世了？如果他還在，我就多了一個可以請教的長輩。還有還有，跟我合作十幾年的出版人為什麼也是癌症走了？開 pub 的老友為什麼也在前幾年意外身亡？那時候她總半開玩笑地跟我說，老了一起住吧！……從研究生一路擔任我研究助理十年的學生，還有第一任情人，他們為什麼要自殺？

我信任的，我親近的，我親愛的，為什麼都這樣無預警地離世？——

朋友聽我講到激動不能語，只好等我安靜下來後，才慢慢反問我：你會不會覺得，你都是在毫無準備的情況下被他們**拋棄**了？

所以，面對接下來最後也最重要的關係，你希望這次結局，能在你的**掌控**中？

．．．

已發生的，若不是怕它不會長久，就是怕事過境遷後，它在記憶裡四處埋伏而為之感到痛苦。

還未來到的，既擔心它會不會來得太早太急，也懷疑它是否永遠不會發生。

小時候盼望快點長大，長大後卻又開始不忍父母日漸衰老。

有人想挽回消逝中的青春，有人卻願意拿青春賭一個未來。

我可以拋棄所有物質的欲望，原諒所有對不起我的人，但我再也回不去父母懷中，做那個幸福乾淨的嬰孩。

我控制不了任何事。包括我自己的結局。

・・・

雖然沒法監控每餐菜色的口味，但至少我可以陪伴。

現在的我，遇到沒有工作耽擱或應酬的日子，用餐時間除了外食，現在還多了一個選項：回家吃飯吧！

對於二十歲的人來說，回家吃飯可能是父母剝奪他們自由的無理要求。但對五十歲的我而言，那既不是天經地義，也不再來日方長。

有朝一日，當我也已白髮蒼蒼，或許在某個時刻腦海仍會恍惚閃過，誰曾是最後與我同桌用餐的親人。

是枝裕和有部電影《下一站，天國》，他想像一個人死後的世界，在進天國前有七天時間讓死者考慮，選出人生中最難忘的一刻，然後那個場景會被重建拍攝，讓死者可以帶著這份記憶進入天堂。當來來去去的靈魂都完成了這個要求，男主角卻始終留在片場，放棄了進入天堂的機會，因為他拒絕做這樣的選擇。

三十多歲看這部電影時，我就一直在心裡唸著，換了是我，我選不出來我也選不出來……如今二十年過去，我終於明白原因何在。

因為沒有任何美好的記憶是需要被重建的。

最深刻的記憶其實更像是一種味道，混攙在許許多多人生不同階段、不同時空的際遇裡。它之所以深刻，不是因為在某個當下的千金難買，而是在未來人生的許多酸甜苦辣裡，都淡淡地留有它的影子。

— 老收藏

一直到了二〇一三年才開始使用智慧型手機。

最早的古董手機用的還是易付卡，因為撥打出去的次數少，多半是別人打給我。我沒有與人用電話聊天的習慣，多半三言兩語就解決。不知道是否現在的我果真多出了許多朋友，只知道每天 LINE 裡總有許多訊息。但，如果是群組，我仍然只是個旁觀者，他們說這叫做潛水，偶爾才會浮出水面拋幾句話。

睜開眼，翻個身，拿起床頭櫃上的手機，拔下充電器，手指點出螢幕上的未讀訊息。以上已成了我這幾年來的起床儀式。

起床後，燒熱水泡咖啡，點起一根菸，等水滾的時候坐在書桌前打開電腦，檢查郵件信箱。大多來信都是工作上的事。要敲時間，要填資料，要提供演講題目與大綱，要附上個人簡介……起床後的頭一個小時，多半都是花在回覆這些郵件上。

已經想不起來，沒有網路的二十年前，如果不必趕著出門，我都是如何安排起床後的第一件事？

吃早點？不是。我從出國念書的那年起就不再吃早餐了。看報紙？也不是。我們家三十年前就不再訂報了。

真是太奇怪了，好像有一段人生就這麼被洗掉了？還是說，原來人生中那段空出的安逸獨處，從此被填滿了？

・・・

在美國念書的時候，起床後總會打開收音機，固定在專播七〇年代老歌的頻道。也許只是啜著咖啡，聽著音樂發一會兒呆。

但是我現在手邊連一台收音機都沒有。

某回，睡前要設定手機的鬧鐘，因為次日一早有個重要會議，卻發現手機竟然當機了。而我手邊竟然連一台電池小鬧鐘都沒有。

那些曾經生活中的必備品，我如同失智般就這樣遺忘了它們。

譬如說郵票、信封，與手寫通訊錄。曾經，每個人都會必備那麼一本寫滿了電話與住址的簿子，每隔幾年還要重新謄抄一次。現在已經沒有人在做這件事了吧？

不用臉書，不認識與不顯示的電話號碼一概不接，這已經常常令想跟我聯絡的人抓狂。僅剩的 LINE 與 E-mail 最後不得不維持開放，雖然我也未必第一時間就回覆。

無論內心有多麼抗拒被這樣一個掌中小物所操控，儘管若非有公事正在等待確認，我不會有檢查手機的強迫症，生活中還是處處有它侵門踏戶的痕跡。

有時很想來試試，不跟朋友聯絡，關掉手機，一整個禮拜不見人也不說話。每餐只有一個便當。每天凌晨四點就起床。黃昏的時候，找一間超商門口坐下看來往人潮。每天都穿同樣一套衣物。每晚只點一盞燈。想睡覺的時候就睡覺，不想睡的時候隨手拿起一本小說通宵讀到天亮。

聽起來還挺像退休老人的生活。

到了真正成為老人的那天，我可能不但不沮喪，反而終於鬆了一口氣：總算不必假裝自己是年輕人了……

・・・

年輕的時候就不太像真正的年輕人，因為新的科技產品總讓我焦慮，覺得原來的舊設備早就得心應手，從來沒覺得有什麼不便。

返台任教的時候，我帶回來五、六十卷ＶＨＳ錄影帶。除了部分是購買的正版，多數都是我從電視上錄下的節目。當中包括公共電視上播出的各類人文藝術專輯，藝術表演頻道上名家劇場以及舞蹈的現場錄影，還有藝術電影頻道上那些修復過的世界經典名片……

當時，學校的視聽設備也還是ＶＨＳ，因此課堂上有機會跟學生分享這些市面上買不到的珍藏。幾年後機器發生故障無法更新，因為錄放影機在台灣已經停產，我只好請朋友從美國帶一台回來。

完全進入ＤＶＤ時代後，我每天都在擔心著，唯一這台錄放影機到壽終正寢那一天，會不會ＶＨＳ在美國也正式下台鞠躬了？

・・・

我懷念那些過時的老骨董，譬如轉盤式電話機、卡帶式隨身聽，甚至敲打字母時總會發出鏗鏘悅耳節奏的打字機。

有一種卡片式的小收音機，我那時常戴著耳機，坐在地鐵上聽著電台播放那些我喜愛的老歌曲。

所有這些功能，現在都可以一機搞定。手機上無所不能，但所有手機上的內容也都變得無足輕重。

下載連結任意轉發，每個人都活在跳躍錯亂的時空中。便捷成了現代人的迷思，忘記了過程跟意義是一體的兩面，縮短了過程，同時也可能稀釋了意義。

就像那時，要錄下那些電視節目得有事前充分準備。首先必須對那些題材與人物已有涉獵了解，當每週電視節目表刊出時，我才能知道哪些是不可錯過的，將它們特別圈起。雖然有定時裝置，我通常都還是會同步邊看邊錄。每一個節目的存檔得來不易，有限時間裡精挑細選，最後才有了這些收藏。

甚至，那背後的意義已經不是節目本身，而是一種生活的方式。

曾經，我有一本簿子用來蒐集好文章的剪報。上世紀末，我用錄影帶排出不同時期所關注的藝術動態。

收納在電腦裡的只是資料，剪報簿與錄影帶裡記載的才是生活。

・・・

誰敢說在未來，沖洗的相片與錄影帶錄音帶不會捲土重來？人們到頭來還是會需要有觸感及溫度的收藏吧？

就像實體書不可能完全被電子書取代。就像至今我還是會買CD。

已不再對流行歌手感興趣的年紀，開始收藏的是電影原聲帶。我喜歡站在CD架前，思索著當前的心情適合哪部電影的配樂來陪伴，而不是在電腦上被無厘頭的連結牽著鼻子走。多數人以為是他們在按鍵點選，事實上是網路在我們身上裝了開關，由它決定了我們對生活的反應。

最無法忍受的就是螢幕上自作主張跳出的推薦連結：「相信你也會喜歡以下……」我喜歡什麼，多半時候它根本摸不著邊。

痛恨這種暗示性的洗腦行為，所以永遠只靠自己來搜尋，不讓大數據來決定，我是個什麼樣的人。

生活裡若沒有了這些可從架上取下把玩的記憶，工作與休閒都是面對電腦，兩者還有什麼區別？

・・・

記得父親以前總在床邊放一台小電晶體收音機，有時收聽京劇，有時收聽說書或講古。更早的時候，收音機裡還會傳出相聲與大鼓這些說唱藝術。

小時候，夜裡聽到從他房裡傳出的窸窣電波低語，總會讓我感覺到家人都在身邊的一種安穩。

如今父親已不能閱讀了，本以為添購一台小收音機可給他作伴，沒想到現在的頻道早沒有任何父親熟悉的節目類型了。甚至對我這個學生時代就一直有收聽廣播習慣的人來說，現在台灣的廣播真是一個吵字了得。沒有一首歌曲頭尾好好放完，主持人前頭話不停，後頭迫不及待又搶話出聲。

我也算半個廣播人。金鐘獎入圍了幾次，不敢說專業，但至少我一直重視聽覺的美感，因為相信願意聽廣播的人，為的也就是那種貼心與私密感，好像主持人就在對你一個人說話似的。

美國雖然有線電視頻道已經有幾百家了，但是廣播電台依然存活得很好。他們對DJ的聲音品質與咬字依然講求，就連搞怪出名的霍華・史登（Howard Stern），也一樣擁有這些基本素質。試想，打開收音機會聽到的，與電視機裡的聒噪有過之而無不及，誰還需要同樣的轟炸呢？

也許也正因為他們維持著這種老派，與電視井水不犯河水，才能穩住永遠存在的那一批，需要聲音陪伴的聽眾吧？

．．．

除了廣播很古典，美國電視節目三分之一也都是在播放經典老片或曾經轟動一時的電視影集，這讓我一開始也很詫異。

帶了驚喜的詫異。

對當時才二十多歲的我來說，《神仙家庭》、《我愛露西》、《虎膽妙算》……等等黑白電視時代的回憶，在台灣早就沉寂無影了，沒想到我竟在異鄉找回了自己的童年。更不必說，像《三人行》、《黃金女郎》這些記憶猶新的喜劇，仍然可以讓我笑到蹬腳。這些影集不乏主人翁都是耳順之年，卻能依然廣受歡迎，一播就是八、九季，看著演員老，由他們陪著觀眾，一起邁向下一個人生階段。

老未必舊，新未必好。二十年前在美國時我最愛看的《法網遊龍》至今仍在播出，看到最新一季中男主角從我欣賞的熟男，如今已漸露老態，我非但沒有感覺遺憾，反而是有一種感激。

因為真正的風格，永遠不會老。

諾貝爾文學獎得主東妮．莫瑞森（Tony Morrison）從不諱言她喜歡看重播的電視影集。因為熟悉，所以安心，知道自己不會失望，她在受訪時曾經這樣說道。

熟悉。安心。不失望。

邁入老年的她，一語道破了讓自己活得舒坦的重點。

．．．

VHS影帶不能久藏，於是這幾年我開始不放過那些好電影的DVD，轉眼也有三大箱了。

現在的我寧可花時間去重讀喜愛的書，重新再拿出老片子的DVD來觀賞，不光是因為這些經典總讓我有新的發現與收穫，更因為它們提醒了我，人生中曾經有過那麼多值得珍藏的事物。

不停更換手機，要求更多的功能，好不斷下載再下載更多更多也許根本來不及享用的韓劇照片遊戲等等等，在我看來只會讓自己更加焦慮，製造地球上更多的資源浪費。

到了這個年紀，一定要有一些收藏。

不是囤積或投資的那種收藏，而是從自己已有的生命經驗中，挑選出那些讓你熟悉、安心、不失望的記憶，它們才是人生下半場真正的陪伴。

每當聽朋友相邀說，老了咱們一起來去住養老院，我心裡的第一個疑慮總是，這些書這些影片，還有許許多多留藏了屬於我生活氣味的不捨紀念，該怎麼辦？能全部裝箱，隨我一起搬進那個分派好的空間單位嗎？

還是，最後只能帶走一卡皮箱？就像常會看見的那些街友們，把所有的家當都放在一個推車或幾個紙袋裡那樣？

我不需要圖書室健身中心花園步道那些公共設施，不管它們的設計有多麼貼心。只要想到要住進一個沒有自己的過去，沒有個人印記的天堂，我總感覺有一種說不出的悽惶。

——我的夜市家族

小時候，父親老愛笑我是鄉下人。

「鄉下人」這詞在我們家不是用來罵人或責備的，反而更像是又氣又好笑的寬容，帶著一點疼惜。鄉下人比較容易被占便宜或不知變通，只會自己埋頭做，自己生悶氣。

在紐約住了這麼多年，總是儀容整齊地忙出忙進，在外人眼中我十足都會人的模樣。但是鄉下人與住在哪兒或做哪個行業無關，那是一種性格。骨子裡我其實真的是個鄉下人。

被問到對美食的看法，我的回答總是，可以天天吃都吃不膩的，就是美食。比如說，水餃。

被問刷卡還是付現，我永遠是付現。信用卡只有訂房或預約不得不用的時候才拿出來，皮夾裡有現金才最有安全感。

鄉下人對食衣住行不是沒有講求。只要是自己穿的用的，一定要簡單實惠，花錢是怕失禮不是為享受。

看到什麼都當新鮮事，更是鄉下人另一項特徵。

那個賣蔥油餅的原來不是在賣小籠包？賣糖炒栗子的哪弄來一個英文的看板？對面在攔計程車的，好像是哪個藝人？……

不用天天去上課的日子，並沒有因此讓我感覺少了舞台的失落或無聊。生活原來並非我們所想像的，一定要怎樣過才可以。

有一個遊民，每晚九點左右就會騎著腳踏車在老家附近出現。在固定的騎樓長板凳前停下，他攤開自己的家當，一床被一席毯，極為慎重正式地開始為自己鋪床整褥，儼然回到自家臥室一般，而且十點一定躺平就寢。

原來，遊民的生活比我要規律得多啊！

大街上永遠不乏新鮮事，就像是即時的網路直播。我隨時都可以在路邊坐下，開始像那些庄邊田旁的老農，點起菸蹺起腿，旁若無人地看起人來人往，一坐就是大半鐘頭。

不用等到更老，我現在就已經加入了路邊北杯們的自得其樂。

・・・

因為是鄉下人，所以總覺得自己是個過客，來繁華的世間不過為了見見世面。終有一天，要回到自己的故鄉。

鄉下人就是離不開自己的老家，總想守住點什麼。繞了地球大半圈，四十五歲以後，我的生活圈竟然又回到了兒時的小世界。

一方面是擔心父親所以不敢住太遠，二來是從小生長在永和，覺得沒有地方比這兒感覺更方便熟悉的了，所以我從未把住進台北市當成實現人生夢幻的努力目標。

最早有記憶的那個老家再度近在咫尺。記得童年時牽著父母的手，穿過小巷，來到樂華戲院周邊，那就像是走入了吃喝玩樂應有盡有的大千世界。

樂華戲院已經不在了，改建成了一座錢櫃大樓。

早期外圍並沒有夜市，只有戲院外一圈小攤販，賣一些烤魷魚煮花生什麼的，給看電影的觀眾帶進場。往裡走倒是有座小菜市，現在也不見了，不知何時小吃攤取代了菜販，一整條街越擺越長，成了現在夜市的規模。

我的蝸居就在夜市裡，環境談不上美觀清幽，林立的店家也都走低價路線。在這樣的地方住久了，到了外面看什麼東西都覺得貴。

一回，朋友請我去他八千萬新購的豪宅作客，室內的裝潢當然無可挑剔。但是一想到住在豪宅要過兩個馬路才會有一間超商，我反暗自慶幸，自己不必住在生活這麼不方便的地方。

真是上不了檯面的鄉下人哪！

與夜市為鄰，對單身獨居的人來說，一下樓就可以看見川流人潮，也許是預防憂鬱症的最佳處方。

一寫起稿子來三餐完全不正常如我，只有住在夜市裡才可以隨時覓食果腹。現在每次回父親那兒，一定得大包小包把印傭不識的日用品順便補貨，住在夜市裡讓這件家務方便不少。

有時想給父親變換一下點心，從蒸糖糕到韮菜包，夜市裡也都有得賣。

更不用說，夜市這個鄉下人的大本營，讓我彷佛置身一個想像的大家族，與他們一起生活，一起悲喜……

・・・

DVD販賣店的阿姐，生得一雙銅鈴大眼，面如羅漢，身壯如牛。開口向她詢問有沒有日劇還得鼓起三分勇氣，誰都知道那些是沒有版權的盜錄。大姐不作聲，憑著她閱人無數的那雙大眼睛，把我好好打量了一番。確定我不是便衣臨檢或是同行來踢館，她一揮手，要我跟她走到店外行人視線死角的貨架後方。

果然一切應有盡有。

這種違法交易一開始也非我所願。離開台灣太久，學生們耳熟能詳的經典日劇我一部也不知，對於早就融入日常語彙的日劇人物，那些已經成台灣人基因一部分的想像力公式，我完全狀況外，不來惡補一下我簡直就是個異鄉人。而這些老日劇當時已很難蒐羅，網路看片也還沒像今天如此易得，能發現夜市裡有這樣一爿小店算我運氣。能得到大姐的信任，八成也是因為我的鄉下人本質難逃她法眼吧？

每次走過大姐的二坪大小店前，她都笑得像自家人一樣親切：有新片喔！不好意思只好又再度光臨。老偶像劇看完，接著開始接觸推理劇。有時電視上正在播映中的，等不及知道結局也會來大姐這兒探問。

後來進片的速度越來越慢了，大姐跟我抱怨，現在網路太方便啦，都可以看免費的，利潤越來越少，抓得越來越緊。

但是我一直到今天都還是不習慣在電腦上看影片，覺得那像是比非正版片更嚴重的侵權：難道這些編導演員連我們正襟危坐觀賞的尊重都得不到嗎？

然後大姐的小店門拉下了。一個月、兩個月、三個月……日劇於我也像是一場莫名其妙的熱戀，來得快去得也快。

之後阿姐的店又開了。

我遠遠經過，看見她又如以往站在門口，不同的是，她換了全新的造型。戴了一頂金色俏麗的短假髮，瘦了一圈，穿起辣妹的短裙與長靴，非常日系的潮女。

雖然那陣子並無暇看片，覺得應該去照顧一下生意，我還是挑了一套日劇，臨走不忘調戲了她一下，喲變這麼漂亮……

．．．

不知又過了多久，好一陣子沒看見她了，心想店是不是盤出去了？上門去打招呼，一個沒見過的年輕美眉聽我詢問有沒有新劇，緊張得無法作答。我趕緊說我是劉姐的老顧客啦，她又跑到後面去叫人。一個中年男子出來了，跟我說：「對不起喔，我妹妹她，上個禮拜才剛癌症過世……」

當下我只覺得慚愧得想立刻奪門而出。

喲變這麼漂亮……我當時說的是什麼鬼話？

可她明明那天與往常一樣地熱情，一樣地幹勁十足啊！那種底層討生活的人早就不以為意的哈腰鞠躬，滿口的「謝謝喔」、「再來喔」，怎會讓人懷疑她已是癌末的人？

但，除了回來夜市討生活，她又有什麼選擇？由哥哥出面來善後，不正說明了她的單身無人可依靠？

後來，我甚至沒去注意現在那店面改成了什麼生意，總是匆匆穿過人群不願張望。但是偶爾眼角彷彿還是會浮現出一個金髮身影。

我開始想像著她在世時，每晚關店後拎著一袋滷味及鹽水雞，獨自回到住處，開始看她的日劇。

也許知道時間不多了，最後乾脆豁出去，讓自己扮一回日劇女主角。

也許我並沒有冒犯到她……也許她這一生，沒有比那段日子裡獲得過更多的注意與讚美……想到在夜市的喧囂中，她的確曾經短暫地美麗過，我聽見自己心底發出了一聲欣慰又不捨的嘆息……

・・・

第一次被人叫「哥」也是在夜市裡。年輕的男孩嘴巴超甜，「哥，等下我幫你把麵端過去」、「哥，今天怎麼這麼晚，剛下班嗎？」……

我從沒被人叫過「哥」，第一次聽到這樣喚我，那一刻突然眼睛都濕了。

我沒有弟妹，唯一的哥哥與我年紀相差十歲，在美結婚生子，與家裡都不親。他對我說過最親密的一句話，恐怕是在過世前一年，有一次突然沒頭沒腦地：「你都是一個人自己長大的……」底下就不說了。他想說的是，他從沒盡到過做哥哥的責任嗎？還是，這個家以後就交給你了？……

我十歲就學會一個人買票看電影。漫漫暑假裡，我最常做的事就是一個人跑到電影院後門，看畫師繪製電影看板。母親後來規定在讀大學的哥哥：整個暑假你好歹也帶你弟弟去看場電影吧？

而當年我跑來看人家畫電影看板的地方，就是現在的夜市口，如今已不存在的那家電影院。

・・・

夜市裡有三家超商，其中我偏愛的那家除了因為他們常有新鮮水果，還有那位服務態度好，人又長得帥的店員。

講話慢條斯理，該給餐具紙巾，該加送調味包或兌獎點數，從不需要人提醒。留了很長的瀏海，總是蓋去一隻眼睛，活脫是個日本漫畫裡走出來的人物。

過了午夜換班後，櫃台後變成一個話多的胖子，留著滿臉落腮鬍。年紀一把了，會出現在超商做這份鐘點計時的工作，我想跟他罹患了嚴重的關節炎有關。他的手腳全都因關節腫大而扭曲變形了，走起路來一瘸一瘸。每次看他吃力地幫我將購物裝袋，都有一股想自己來的衝動，又怕他誤會這是對殘障的歧視，我只能盡量假裝對他的行動不便視若無睹。

那回，太專心寫作忘了時間，等到肚餓時已是夜市都收攤的午夜過後，只能到超商點一份微波餐。難得夜班是那位長髮帥哥，我一邊吃著我的麻辣燙，一邊看著他整理貨架，每低一次頭便撥一次瀏海。

一輛摩拖車這時停在了門口，車上騎士竟是那位大鬍子哥。我看著他尺碼過小的拖鞋套在足踝紫腫的腳上，一顛一顛走進店門。

什麼也沒說，他把手上提著的一袋宵夜往櫃台一放，隨即又出門跨上機車離去。瀏海弟笑嘻嘻地打開塑膠袋，開始享用這份專程送來的心意。

我對眼前剛剛發生的這一幕實在難捺好奇。

你們同事間的感情這麼好啊？我問。

結果對方的回答讓我大吃一驚。

那是我哥，他說。

・・・

靜下來在記憶中比對，的確看到了他們五官的相似之處。一早一晚，每天都會各自看到的這兩人，怎麼從來沒把他們的面孔聯想在一起呢？如果鬍子哥減掉二十公斤，沒有禿頭，沒有那雙變形的手腳……

如果沒有生這個怪病，沒被類固醇造成的肥腫給毀了容，他本應該是一個跟弟弟同樣高䠷帥氣的男子。

兩兄弟在這附近一起經營了三家加盟的超商，早晚輪流管店。等到其中一家生意做穩了，就把它頂出去，然後另尋好地點另起爐灶。一直維持著三家在運作，兄弟兩人接力賽般一起打拚。

其實，主要是靠我哥，他比我有做生意的頭腦。弟弟說。

不光是有生意頭腦就夠了，我想跟瀏海弟說，難得的是你們兄弟倆的仁厚。有多少兄弟能夠像你們這樣合作呢？不要說做哥哥的還被老天爺開了這麼一個殘酷的玩笑。行動不便的他專程在夜裡送來宵夜，打心眼裡對弟弟的關愛，多少四肢健全的人都做不到。

不久後這家超商就易手了。我知道兄弟倆一定賣得了一個好價錢。

愛是恆久忍耐又有恩慈，愛是不嫉妒。這幾句格言要用在一家人身上，有時可能比對陌生人施惠奉獻還更不易吧？

・・・

夜市小本生意，請不起外人，所以多半都是自家人下場幫忙。

常去的一家熱炒店，老闆剃了個五分頭，瘦伶伶的，卻有莫大腕力可單手不停翻動那只大鐵鍋。炒菜時被油煙薰得睜不開眼，他那張臉總是苦巴巴皺成一團。

每逢週末忙時，一對成年的子女就會出現。跟老闆娘說，好命喔，孩子都這麼大了，她特別強調，兒子平日都在上班。意思是，他是白領階級。

兒子長得一表人才，讓人想到歹竹出好筍這句話。但確實是父子無疑，眉眼生得一個樣兒。

某晚，看著工作中的老闆，我突然意識到一件事。

並非兒子是父親的改良版，而是二十年前的老闆應該也是一個帥氣的小伙子。生活的擔子，加上長年油煙的燻漬，如今那個小伙子的背都微駝了，默默演變成了現在這付苦力的模樣。

兒女來幫忙時，跟母親總是有說有笑的。但是我幾乎沒聽見老闆開過口，也沒看到他跟孩子之間有太多互動。他就像是這個家裡的一個隱形人，儘管這個家都是靠他一盤一盤菜炒出來的。

得到了休息的空檔，他就一個人安靜地坐在角落抽菸。

獨坐的他，臉上那張哀苦的表情消失了。看著來往人潮，他的嘴角總是掛著淡淡的笑意。

．．．

同樣也是熱炒，兩家比鄰而居，瘦子老闆主打虱目魚，矮子老闆的招牌是蚵仔，能夠相安無事也算難得。

但是這一家子人的氣氛卻與前一家迥然不同。老闆像軍隊班長一樣吆喝著上菜，妻兒之外，還有一個老阿嬤也歸他管轄。家族遺傳騙不了人，阿嬤一看就知道是岳母，兒子則跟父親一樣是矮個兒，看那年紀可能是高中輟學。父親幫兒子另外架起了一個平鍋，分出蚵仔煎這一味由兒子全權負責。

沒了牙的阿嬤每晚都在，幫忙收拾碗盤，但是每回不是掉了筷子就是灑了一地湯汁。她的團隊精神十分可嘉，總是瞪著炯炯有神的眼睛，注意客人的一舉一動。我喜歡逗她，若是她盯著我瞧，我一定也同她對看，直到她佯裝沒事先轉移目光。

老闆很阿沙力，付帳時尾數十塊的零頭他一定說不用了，還會向客人詢問今天口味怎麼樣。

說實在的，他的手藝比不上隔壁的瘦子老闆，但是我去他這一攤的次數卻慢慢慢變多了。

口味有時並不那麼重要，我想跟矮子老闆說，我喜歡的是你們這一家人。

⋯

想起父親很久很久以前第一次跟我聊到「鄉下人」的那個午後。

應該還是國中的年紀，跟他坐在某間百貨公司對面的咖啡屋，大概在等母親做頭髮還是購物。我問一直注視著對街的父親，你在看什麼？他笑了起來，說：你看那個百貨公司的警衛。

一個滿臉紅通通的大叔，穿著並不合身的制服，身後跟了四、五個婦孺。小孩子圍著他開心地跑前跑後，一位婦人拍著他的肩膀，一直想要跟他說什麼，那大叔卻不專心地一直注意著來往人群，但臉上始終笑嘻嘻地。我才注意到他的嘴角還叼著一根牙籤。他轉身跟同樣開心的其他人揮手，大家仍不肯散去。我想，那些都是他的家人親友。

父親說，你看，從鄉下來的親友特地來看他，一起剛吃過午飯。當了百貨公司的警衛，很神氣呢！他很開心，在大庭廣眾之下卻又覺得很不好意思，其實心裡頭是很幸福的。鄉下人哪！

我再次轉頭去看對街的那一家人，也開始感染到那樣幸福的溫度。

四十年過去了。現在的我才更懂得那情景裡被壓抑的情感。

想要問父親，那個時候你心裡在想什麼呢？

是否想到了大陸的老家？還有同個村子裡，那些我從沒機會見過的鄉下親友？

PART THREE

那 些 年 不 懂 的 事

——晚春與秋暮

好多年沒有看小津安二郎的電影了，難得戲院推出他早年作品《麥秋》的電腦修復版，果然是佳作。看完電影意猶未盡，找來他的雜文集《我是賣豆腐的，所以我只做豆腐》閱讀。全書主要都是談電影，以及他曾經徵召上戰場，參加過日本侵華戰役期間的一些書信。但是書中收錄了一篇跟其他文章不太搭調的〈這裡是楢山〉，讓我有了想要驚呼的發現——

小津終身未婚，一直與母親同住?!

按照文中寫道，母親「已經八十四歲了」，「我和母親同住，已經二十多年」，推算這應該是寫成於一九六〇年，也就是小津母親過世的前兩年。文章很短，用打趣的口吻敘述老媽覺得他們住的地方很像楢山，也就是深澤七郎以日本古時棄老文化為題材所寫成的小說《楢山節考》的場景。《楢山節考》曾兩度搬上銀幕，第二次由今村昌平導演，還獲得了坎城影展最佳影片金棕櫚獎。

巧的是，今村昌平擔任過小津安二郎副導多年，雖然日後師徒二人電影風格迥異，但今村昌平會想要來重拍《楢山節考》，是否跟師父小津寫過的這篇短文有關，不得而知。

小說中，老年人一過七十，就要由孩子揹上山，留下老人自己在那裡等死，這樣才能讓窮苦的其他家人有足夠糧食存活。小津對於母親把自家位於北鎌倉的山坡比做是楢山，他是這樣寫道的：

年輕時候的母親是魁梧高大的小姐，現在依然是高壯的老婆婆，我雖然沒揹過她，但肯定很重。

如果這裡是楢山，她願意永遠待在這裡也好，不用揹她上山，我也得救了。

讀到這兩句，我在莞爾的同時，感受到字裡行間小津對母親的日薄西山難掩憂心的淡淡悲傷，頓時讓心頭也變得沉甸甸的。

書前有一張年表，記載著小津於一九六二年母親西歸後，同一年完成了他生涯中最重要的作品《秋刀魚之味》，隔年便過世了，享年六十。

．．．

雖然我的母親過世已十五年，她仍然不時來入夢。

常聽到這種說法，會夢見死者是由於我們的不捨，但是這種不捨會讓靈魂無法早日投胎，其實是對往生者不好的。如果真是如此，那我就太不孝了。

但我寧可相信這只是安慰傷心人的說法而已。

因為每次在夢中，我都意識到母親其實已經不在了。沒有什麼特別戲劇性的情節，好像她就是路過來拜訪一下，不知道從哪裡就蹦了出來，也不知何時又從夢中的場景消失。我們沒有重逢的驚訝，也不曾需要話別而悲傷，通常這樣的夢境都是愉快而家常的。

不僅在夢中，醒著的時候我也偶爾會發出一兩句自語，說給母親聽的。這樣算不能放下嗎？還是冥冥中，我感應到母親並無被羈絆的痛苦，所以才仍有著我們還在共同生活的錯覺？

幾年前有人介紹一位據說會通靈的師姐給我認識，她一坐下沒多久就說，你母親在這裡。我趕忙問道，她現在怎麼樣了？是因為我有什麼事沒幫她完成，所以沒法安心投胎嗎？

師姐說，她很好，就是在一種很安靜休息的狀態。

這很符合我的夢境，我心想。為什麼往生者一定要投胎呢？我從來不解。就算轉世為人，一定是福報嗎？做人多麼辛苦。如果真像這位師姐說的，母親在休息，終於可以好好休息了，我反而很安心。

她有要跟我說什麼嗎？我問。

你還記得她最掛記你的是哪件事嗎？師姐反問。

當然記得啊！還不就是我沒有成家這件事。最後遺書中母親這樣勸我：「家人就是會吵吵鬧鬧，你不要嫌煩或害怕，還是找一個人跟你作伴較好，否則老來太孤單……」

這段話讓我感動的是，她在婚姻中受的委屈，哥哥與她反目對她的打擊，都沒有讓她否定我們對她的意義。關於我感情方面的事，她不是不知。但生前她早就已不催我成家了，為什麼最後臨終突然又重提？如果她的重點是老來有伴，我毫無異議。多年來我也辛苦地尋尋覓覓，但就是注定孤寡，我也不希望如此啊——

「又不是想要成家就一定會有那個人！」

沒有回答師姐的問話，我反而是非常自然地就直接跟母親頂起嘴來。那一刻，我彷彿真的覺得她就在我身邊……

・・・

如今小津的這篇短文讓我陷入沉思，一個老母親對沒結婚的老兒子，究竟是種什麼樣的牽掛呢？

母親在世時從不以結婚成家相逼，或許也是因為婚姻的苦她已嘗過，擔心我沒那麼堅強。而且只要她還在，兒子就不會真的孤單無依，至少還有她來照顧，或許這樣的想法也讓她稍感安慰。直到她重病了，知道無法繼續守護這個老兒子了……「還是找一個人跟你作伴較好，」她說。

「但是，妳看，現在的我雖然還是一個人，但是沒有不好，放心吧！」

總是會把心裡的話脫口就說出，好像母親一直還是與我同住似的。

說也奇怪，對母親說出這話後，沒多久就又夢見了她。

夢中我們好像要去參加一個什麼開幕活動，她遲遲未現身，讓我等得有些焦急。終於她出現了，腳步有些踉蹌，比我記憶中老邁了些。我迎上去攙她，直說辛苦了，同時閃過一個念頭：怎麼人死了以後還會老化呢？……

下一秒鐘，母親的形象出現變化，我發現她換了一個髮型，蓬鬆鬆的，髮尾燙得向外捲俏，是復古樣式。走著走著，她停下來要我看她的衣裳。什麼時候她突然又換上了一身全白了？也是復古樣式的小禮服，腰間一截還是紅色的絲緞。

然後我看到，身邊的母親不知何時已變身成了少女，苗條纖瘦的體態配上那一身復古的打扮，那是我只在相簿中曾見過的，還沒有成為任何人的母親之前的那個她。

從來母親在夢裡都是我熟悉的，她生病前的模樣。而這個一身白紡小禮服的少女是母親，但也不是母親。那是她在我出生前十年的身影，我與這位少女在那時還沒成為母子。但是母親在夢裡顯得很開心。

夢裡面對這景象，我突然發怔了。不知為何，我開始有了一種哀傷的感覺。

我記得夢裡的自己好像明白了什麼。

母親來道別了。

‧‧‧

小津的電影幾乎都是圍繞著家庭生活在打轉。從《父親在世時》、《晚春》、《東京物語》到最後遺作《秋刀魚之味》，裡面都有一個在為子女傷腦筋的父親角色，都是由同一個演員笠智眾所扮演。

一年拍一部戲，總是差不多的鏡頭角度，內景多過外景，還有大同小異的卡司班底，這已宛如小津生命中的某種儀式了，供奉著他心中的一座小小神龕。

從不曾有過自己的家庭，但是卻對家庭題材如此熱中，尤其是笠智眾的父親形象簡直就像是作者的代言人，和藹溫良，清瘦斯文，總是彬彬有禮。沒想到，我們全都被小津誤導了。他本人其實是個大塊頭，不拘小節、愛喝酒、喜歡熱鬧。不但一輩子單身，在他的成長過程裡，父親也一直是缺席的。

小津也沒有戀愛史。

外界曾一度揣測，在他多部電影中擔任女主角的原節子，或許是小津的情人，但這一直只是傳聞，兩人從未被發現有交往中的證據。原節子在小津過世後亦退出影壇，到二〇一五年過世前幾乎不再露面。兩人都終生未婚。

明明沒結婚的是自己，為什麼總愛拍女兒的婚事？

想到一個身材魁梧的老婆婆，與她身高近一九〇的老兒子，擠在日式榻榻米的木屋中一起生活，我不禁暗自笑了起來。

不論是誰跟誰撒嬌，那場面在外人看來都有點突兀吧？

・・・

那一年我還在紐約念書，父母暑假的時候來看我。之後父親因為有事得提早返台，母親繼續留下直到秋涼。那一個多月，是我今生唯一、也是最後一次與母親單獨生活的時光。

母親的生活很規律，晚上九點就開始準備就寢，洗身換衣擦她的各種保養乳液，要忙上一個多小時。有時我會聽見她一邊放著水，一邊輕聲哼著歌。

有一天晚上母親心情特別好，要我拿出V8攝影機幫她拍電影。她開始換上一套一套在紐約添購的新衣，學著服裝模特兒走起台步，有時還會依照我的動作指示，時而故作風情萬種，時而擺出三八阿花式的巧笑倩兮，讓執機拍攝的我笑到無法繼續。

多年後回想此景，不禁懷疑是不是母親故意在搞笑逗我開心。我這輩子不曾「彩衣娛親」，反倒是我的母親那年下場「彩衣娛兒」了一番。不知有多少兒子成年後能跟母親扮起這種家家酒，若是有旁人在場，大概也沒法玩得如此盡興吧？

初秋的紐約，帶母親去看電影《喜福會》，一部催淚的通俗劇，講的全是母女間的愛恨糾葛。散場後，我等母親去洗手間，她一出來就像發現新大陸似的跟我報告：「美國人怎麼那麼愛哭啊？一堆人都在裡面擤鼻涕擦眼淚……」

她自己真的沒有哭嗎？我不知道。印象中，母親極少在我面前掉眼淚。

母親過世第二年，給學生上亞美文學時挑了《喜福會》這部小說，順便也在課堂上放了電影。

片中有一幕是四家人要拍大合照，其中那位母親已過世的女兒，與其他三對親親愛愛的母女一塊兒站在鏡頭前，臉上的表情既是落寞，也充滿了尷尬與悒鬱。

看到這裡，坐在課堂角落的我突然就紅了眼眶，聽見心裡出現一個聲音悄聲對我說：你已經是個沒有媽媽的人了……

・・・

母親過世後，小津仍然打起精神完成了《秋刀魚之味》，沒有想到這成了他的在世遺作。母子相繼一年之內過世，是因為小津覺得終於心願已了，可以安心放手了嗎？

雖然總在拍家庭日常，但我以為，小津電影最終的主題，是孤獨。傳宗接代、柴米油鹽、相親嫁娶……說穿了，不過是人類為掩飾或逃避孤獨的一場瞎忙罷了。對於曾在二戰戰場中出生入死過的小津，生命的無常早已看透，人人為成家立業忙得煞有介事，他冷眼旁觀，像在看一場家家酒。

那些會說小津電影多麼溫馨感人的，我覺得他們壓根兒就沒搞懂，電影拍得柔靜舒緩，並不表示內容就是溫馨抒情。小津的電影善用這種反差，把家人之間的暗潮洶湧，遺憾與無奈，不著痕跡揭露，到最後每個人都只能靠隱忍退讓，繼續維持著表面和諧，把戲演完。

明明就不相信婚姻家庭那一套，但是他就要揶揄一下觀眾：我即使單身不婚，比起你們這些開口閉口「家庭」的人，我還更了解這是怎麼一回事哩！何必假戲真做？我只需要在電影裡面「演」出那一場又一場的夫妻子女關係，也就達到目的了不是？真實的人生裡，這一場戲演得再賣力，還是會曲終人散，每個人到頭來還是得要面對自己的孤獨啊！

在世唯一放不下的，只有他的母親。

相依為命的大半生裡，他是一家之主的父親，也是那個嫁不掉的女兒。母親有時像帶著一點叛逆的女兒，有時也是最知心的姐妹。早已沒有那些稱謂角色性別的框框，就是兩個人一起勇敢地面對生老病死而已。

・・・

（這裡是楢山……）

小津的《秋刀魚之味》，也是他與母親前往楢山的最後一哩路嗎？

每個做子女的，心裡都有這麼一座楢山。有人覺得父母老了就該送走，有人寧願是自己活在那座山上。揹老人到山頂的路程艱辛險峻，有人中途便不耐跋涉，乾脆半路上就把老父丟下山谷。

年輕時看《楢山節考》這部電影時還不能體會，楢山的隱喻是什麼。

如今重看，終於明白了楢山的啟示：即使最後不得已要把父母送上山，做子女的還是得熬住那段翻山越嶺之苦。那段艱險的路途，是與父母最後珍貴的相處；最後的同甘共苦，讓原本看來逆倫的習俗也出現了暮色將至前動人的光影。因為只有盡力走完全程，道別時才能無所牽掛。

電影結局時，兒子看著母親在山頂安然閉目靜坐，這時天空下起了傳說中會出現的一場大雪。下雪了，媽媽，神來接妳了！真的下雪了！兒子激動得流著淚，為母親高興。因為只有爬到山頂才會降雪，母親才會在雪封中平靜西歸，而不是被山上野獸殘噬。

⋯

我想到了母親變成少女的那個夢。

會不會母親一直還在我身邊，不是因為我的思念絆住了她，而是她在等我走完，屬於我們的最後一程？

當她看到我終於度過了晚春與秋暮，走完了悲傷，終於可以接下來與父親好好一起生活，她才覺得安心，是道別的時候了？

夢中她那一身白衣，在我眼前開始化為一片紛飛雪花，我也同樣激動得掉下眼淚。

——美麗與慈悲

艾曼紐・麗娃（Emmanuelle Riva）過世了，這個消息在台灣只出現在部分網路媒體，我還是從《紐約時報》最先看到消息。

幾天後有一個什麼香港喜劇片諧星過世，演過的「名片」叫《烈火奶奶》，聽都沒聽過，竟然還被主流媒體顯著標題報導。年輕的記者編輯對老前輩沒有興趣，也缺乏常識。他們的「懷舊」就是小時候看過的港片與卡通，而台灣的視聽就在他們手上。

就像前幾年金馬獎，終生成就獎頒給了李麗華。了得的巨星，高齡九十還親自出席，竟然媒體也是冷漠的。本還期待會出現一個什麼專訪，結果巨星也只是靜靜地來，悄悄地走。

李麗華ㄟ！六十年前就被好萊塢邀請去拍片，在《飛虎嬌娃》中擔任女主角，還很高調地嫌男主角維多．麥丘有口臭，拒拍吻戲。不像現在的華語女星，能在美國片中當個花瓶也喜不自勝，脫戲吻戲床戲沒敢說不的。

最近愕聞李麗華九三高齡過世了，她的殞落也像暗示了一個時代的落幕。

是我老了嗎？

還記得一九九〇年代初，白光最後一次來台灣。那時有一位在報社的記者，大我一屆的學姐，她不像我是從小聽白光的歌長大，被派去採訪前要我幫她先做功課，回來後很興奮地一直跟我說，這位老人家真是太有意思了！這麼風趣健談，簡直是半部電影史！她就這麼也成了白光迷。

新聞說，再過三年，台北市人口就已進入「超高齡化」，但是我們的媒體上能看得見的國寶，只剩政治人物。

．．．

不久前才在一次演講中介紹了艾曼紐．麗娃主演的《廣島之戀》。

每隔幾年都會重看一次的這部電影，算是我的藝術啟蒙之一。舞台劇演員出身的艾曼紐，之前從沒拍過電影。然而，這麼亮眼的初登場，並沒有讓她的電影事業順利登上另一個高峰，不如後來的珍妮．夢露、凱瑟琳．丹妮芙，成為國際知名的法國女星。《愛．慕》導演麥可．漢內克也是《廣島之戀》迷，特別邀她復出，對此，她事後對媒體笑說：「大概是他想知道，現在的我老成了什麼樣子吧？」

不自傷，不自憐，更沒有矯情。紅顏變白髮，物是人非，絲毫不損她以身為表演藝術家自傲的高度。

最後一次在大銀幕上看到她的殘敗枯老、皺紋密布的容顏時，一開始也震驚得無法接受。但隨著電影的進行，她的演技，她的氣質，卻依然令我著迷，讓我不禁聯想到與她合作《廣島之戀》的女作家莒哈絲，在她七十歲時寫下的《情人》一書中的開場：

> 他們都說妳年輕的時候多美……但是我覺得妳現在比年輕時更美。我更喜歡妳現在這張被歲月摧殘後的面孔。

・・・

以前讀這幾句時還無法想像，那是什麼樣的一張臉。看了《愛．慕》後，發現艾曼紐．麗娃無疑為這句話做了最迷人的詮釋。

《廣島之戀》中的她是一種美，《愛．慕》中的她又是另一種。前者的美燦爛浪漫，帶著隨時為激情而瘋狂的難以捉摸。後者的美柔中帶剛，卻又反璞歸真帶著一種孩童似的清明閃亮。

在演出這樣一位老人時，她不會因為與現實人生太接近而感到畏懼退縮嗎？現在回想起來，當時的她是否已經知道，自己體內的癌細胞正蓄勢待發？

藏在那張被歲月摧殘過的臉孔之下的，是五十年來守住的一份堅持，原來那就是美。

沒有因為演藝事業不如意而成為了一個自廢武功的落魄女伶，五十年後在銀幕上看到的這張臉，仍然是一張藝術家的臉，從未染上過俗豔或風塵，才能在五十年後如此乾淨的一張臉。

彷彿她知道，自己的堅持不會白費。

不為等待什麼，也不再緬懷什麼，只是她很早就已選擇了這樣一種生命方式，一種慢慢進行中的靈魂雕刻，越到老來，那雕刻作品越顯得貴重，完整。

一般市井小民都無法面對自己的老敗肉身，更何況是電影明星？

不僅勇敢，更是一種慷慨與慈悲，她讓舉世目光終於正視了老為何物。

・・・

在《愛・慕》中與艾曼紐・麗娃演對手戲的尚路易・崔狄讓（Jean-Louis Trintignant），我比《廣島之戀》更早認識他。

第一次看《廣島之戀》是在大一的時候。但是生平看過的第一部「法國藝術電影」，應該是小學五年級時隨父母去看的《男歡女愛》，尚路易・崔狄讓與安諾・愛美主演。

四十出頭的父母，當年都還是不知老為何物的電影迷。那時，常有一些歐洲藝術名片被片商以色情片手法包裝引進，變成了什麼《大魔女》、《小妖精》魚目混珠，流落在各方偏遠二輪戲院。然而我的父母只要風聞，必定不辭辛勞跑去朝聖。我們一家三人為了這部片名很A的《男歡女愛》，摸到了八德路上的華聲戲院。當時就已經沒落的老戲院，後來一度還改成了迪斯可舞廳。不記得最後是哪一年拆除的，如今很努力地想記得它的原址究竟靠近何處，但是好幾次走在八德路上東看西看，一點蛛絲馬跡都沒有。

這一生，每想到我與父母一起看電影的童年，這部電影一定會鮮明的浮現。原名直譯就是「一個男人和一個女人」，得過坎城金棕櫚獎的名片。我印象太深刻了，之前從沒有看過電影可以是這樣拍的。更難忘的是，看完之後父母興奮地對這部電影的特殊手法津津樂道討論，我也搶著發言。

那樣的時光，那樣的從前。

我們有過那樣短暫而真實的快樂。

⋮

一個男人，喪妻；一個女人，喪夫。男子是賽車選手，女子是電影場記。他們在某次接送孩子上下學時邂逅了。戀愛了，也開始痛苦。因為上一段的感情創痛仍沒有放過他們。於是分手了。男子開著快車追趕女子搭乘的火車，最後火車月台上又見面了，擁抱，鏡頭旋轉旋轉旋轉，定格，沒有下文，劇終。

簡直沒有故事可言，但是我真的看懂了。

才十二歲的我的確「看」到了電影中有一種憂鬱。在跳接的畫面中，在黑白粗粒攝影的膠卷上，在無所為而為的鏡頭裡，藏著深深的疲倦與迷惘。

叫我老靈魂吧。

那時迪士尼還叫做「狄斯耐」，他們的卡通片與適合闔家觀賞的溫馨喜劇，與我同齡的孩子都趨之若鶩，我卻從來提不起興趣。等看到了《男歡女愛》，我覺得終於有一部電影，演的是我所認識的生活，而不是那個歡天喜地的虛假世界。

…

忍不住又把《愛‧慕》DVD找出來，一個人靜靜重看了一次。

（一個人生活至少還有這點好處，想到什麼就可以做什麼。）

之前在看這部電影時，兩位老演員還活得好好的。現在其中一位已離世，再看就有了不一樣的感觸：癌末的艾曼紐·麗娃會想起《愛·慕》嗎？會感覺冥冥中那像是一場人生的預演嗎？

自己那些年的處境跟片中太貼近，之前不敢太往下深想，有些台詞甚至印象模糊。

譬如，喬治在片中跟安妮說過一段童年往事。

他記得小時候有一回邊哭邊向同伴敘述他剛看過的一部電影劇情。他說，在看電影的時候並沒有太多感動，卻是在轉述時情緒突然一發不可收拾。多年後他對那部電影的劇情已毫無印象，只記得那個下午，自己邊哭邊說的感傷。

之前沒看出來，這段夫妻閒聊是導演的伏筆，暗示喬治是個感情用事的人，常常當衝擊來臨時無法處理情緒，比如說，悲傷。雖然看起來對老妻的照護無微不至，但是陷在自己情緒裡的他，忘記了照護最重要的部分是愛、理解與支持。

在妻子病得脫形的時候，女兒某日無預警來訪，他第一個反應竟是去把臥房門鎖起，不讓女兒相見。他沒有意識到，他的悲傷已經朝憤怒傾斜。他的不肯放手，反而更像是為了讓自己減少罪惡感，將自己的情緒轉嫁到了老妻身上。最後連親手結束安妮的生命，也是情緒一時失控下的反應。

片中有兩次鴿子飛進了他們的公寓。

第一次，老人毫無懸念將鴿趕走，隱喻著他無視這是夫妻倆最後恩愛的時光，一心只希望能扭轉逆境，解決眼前的照護問題。

第二次，儘管對迷途的鴿子百般不捨，最後只能放牠自由，一切為時已晚。

・・・

這些年既歷經了照顧罹癌的母親，也正在繼續照護著老邁失能的父親，害怕與愁悶總是難免。但是我總提醒自己一件事：最體貼的付出不是看病吃藥，而是**承擔**。

承擔那些悲傷恐懼孤獨不甘，負面的情緒都由你收納，然後留給你與被照顧者一個平靜的日常。

因為你在看護的，仍是生命在進行中的人。

盡量不去思考疾病多麼凶險，也不去問結局究竟會如何，這過程是長，是短，也不做任何預測。在病者與老者面前，我盡量以一種不顯露出強烈期待的方式，就是與他們過日子。

企圖扭轉與改變的盼望過度急切，或已經亂了陣腳無法勝任的沮喪，這種種情緒，病人其實都會有感。所以，何必要加重病人的心理負擔？讓他們一直有種「很抱歉，我破壞了你們的生活」的罪惡感？

因為完全沒有去想過母親還有多少時間，最後送母親住進醫院時，醫生跟我說了半天話，我的反應都讓他摸不著頭腦。最後他也急了：

「你怎麼都聽不懂呢？我的意思，就是這幾天了，要準備準備了！懂了沒？」

．．．

母親過世後，有一段時間裡我不斷聽到有人對我說：「你那時候怎麼沒有試試看去找……」、「你有沒有聽說現在有一種新的……」才知道原來我如此孤陋寡聞，從氣功到草藥，從中國大陸到美國，這世界上還有這麼多癌症的剋星，就算聽起來不是正統醫學，但總是一個機會。

聽多了這些話，難免就會自責，為何沒有為母親上天下海去求取仙丹？即使明知希望不大但仍努力試過，我的悲傷會不會少一點？

我不怕死，我只怕受罪，母親曾經在化療初期這麼說過。

看著母親的生命一點一滴消失於黑暗的盡頭，不是沒有過椎心煎熬。但，也許就是她這句話讓我獲得了某種平靜。就算真的那麼做了，我事後分析，那會不會只是想逃避失去親人的恐懼？因為沒有辦法面對那樣的悲傷，所以只好藉遍訪偏方來轉移自己的注意力？

身邊許多做過同樣事情的人，不管是為親人或為自己，最後都還是輸給了死神，包括哥哥在內。

當時他從美國拖著病體到中國求診，我很想跟他說，你不會希望跟你的子女多一點相處的時間嗎？但是我沒有立場說這樣的話，如果他的妻小都同意了放行，我這個後來連他的死訊都沒有被通知的弟弟能說什麼呢？

我想，哥哥那時候心裡一定是很害怕的。所有那些另類療法，不就是針對這些絕望與恐懼才有商機嗎？

．．．

我們都有一天得要面對「放手？還是繼續？」的抉擇。

我們會希望身邊的人尊重我們的選擇，所以我們更要謹慎，自己做出的是什麼樣的選擇。

這回重看《愛．慕》，對於老婦要求配偶答應絕不再送她進醫院，以及後來希望能讓她就這樣結束，我突然感覺，這真是個殘忍的請託，跟老先生一定要讓她活著一樣殘忍。

她為了他，痛苦地繼續苟延殘喘。

他也為了她，筋疲力竭，最後崩潰殺人。

兩個相愛一生的人，到最後怎麼會是這樣彼此毀壞？那樣的至死方休讓我不禁打了個顫：所有的恩愛，最後都要還回去的吧？

到了該放手的那一天，就算無親無故也不要覺得淒涼。要記得，你沒有給身邊的人帶來任何磨難。

生離死別的痛苦到你為止，那也是一種對生命的慈悲。

（對了，我有沒有提到，艾曼紐・麗娃終生未婚，沒有子女，不用手機，家中也沒有電視？）

——粉筆與華髮

同學們告訴我，老師生病了。

想去探望老師，但是聽說有時候她會見同學，有時候不見。我心裡在斟酌著，這樣會不會對孱弱的老師造成打擾？如果我是她，以前在學生眼中一直是偶像的自己，介意讓學生看見自己現在的憔悴枯槁嗎？

曾經，在放學後空蕩的教員大辦公室裡，那個喜愛現代文學的少年，總愛與同樣不脫文青氣質的國文老師天南地北談小說，聊電影，常常話匣子一開就到了華燈初上。二十五年教學年資一滿，老師就立刻辦了退休，她說孩子越來越難教了，體力精神已不堪負荷。遠離了升學主義與考卷，那時的她看來很愉快。

雖已有心理準備，等終於見到老師的時候，還是吃了一驚。從前她那一頭褐色波浪捲的長髮沒有了，只剩早已花白隨便剪成齊耳樣式的短髮。老師的聲音沒變，還是當年為我們講課時的細語溫柔，只不過，她現在述說的是自己的病情。

之前已來探望過的同學就告訴我，老師是心理上的問題，一直說鄰居們在監視她，有人要害她，整個人變得極瘦，不肯吃，也不願出門。

倒是與她同住的太師母，高齡九十幾，開過腦瘤，歷經心肌梗塞，反而比老師看起來更活力充沛，講起話來依舊中氣十足。在讀書的時候常去老師家玩，知道老師有一個頗強勢的母親，現在看來更是如此。

大家以前都多喜歡我們這位美麗與氣質兼具的國文老師啊！雖然教的是龍頭升學班，但是她依然帶我們唱歌寫詩演話劇，還會帶全班校外教學看展覽。

當年，她才二十七歲。

如今老師氣若游絲，臉色蒼白。身體硬朗的太師母一直守在旁邊，不時打斷她的話，大嗓門地對我與另一位同學警告：「你們老師有病！」

⋯

一直單身的老師與母親同住，感覺上相處得不是很愉快。幾年前和老師通過一次電話，她提起有一回進了家門，看見母親倒臥在地，手腳冰涼，她心想這一天終於到來了。「結果她又醒過來了。」老師悠悠地在電話那頭說道。

老師為什麼不找個附近的地方，搬出去自己住？我問。

老師卻只是支支吾吾，直說沒辦法。

「老師啊妳這樣不行，妳一直是乖女兒，但是照顧父母的時候不能光做乖女兒，有時候妳才是家長，妳也要有妳自己的意見，妳自己的生活！」

雖然面對的是自己的老師，但是在這種問題上，我是過來人了，幾乎像對自己的學生耳提面命般，我對著電話筒急急喊話：

「妳自己要先獨立，否則太師母哪天走了，妳就更悲慘了！」

如果老師那時有聽進去我說的話，也許眼前的景象就會完全不同了吧？

老得奄奄一息的女兒，與老得越發百毒不侵的母親，誰才是誰的守護者？著實讓人有種錯亂的感覺。

・・・

「你們老師有病，她——」

這回顧不得晚輩禮貌了，我硬是搶過話來。老師，我們都好懷念以前的國文課啊！老師，以前公民老師都說老師最漂亮了，被妳教到是我們的福氣！……

老師笑了，起身取出茶几下的一冊相簿。相簿裡收藏的不是往日的校園生活回憶，而是老師那年一退休後，跑去找專業攝影所拍的一組組個人藝術寫真。套用今天的流行語，那一幀幀彩照中的人還真是美魔女。

與在課堂上清雅樸素的裝扮不同，老師在攝影機前嘗試了豔麗活潑的各種造型，二十五年的粉筆生涯，退休後的她還是美人。

單身的美人，對接下來的人生充滿期待，流露出一種當年做學生的我們從沒見過的嬌媚之姿。

「又拿出那個相簿來幹什麼？」被冷落在一旁的太師母再度發言了：「你們老師很奇怪，花好幾萬塊去拍那些什麼東西，浪費錢！」

⋯

我裝作沒聽見。

忍住內心一股悲傷與不忍，我從相簿中抬起頭，環視這間老公寓裡的陳設。

記得當年這裡是平房改建的，屋內的布置裝潢也就停留在入住落成新屋的那一年。那些家具的樣式，壁紙的圖案，其實與我自己老家頗類似。

屋內的陰暗並非全然採光不良造成，而是因為長期處在一種封閉狀態，外人進不來，屋裡人出不去，或是無處可去。沙發餐桌在堆積的許多舊物中看起來尤顯笨重了，整個空間讓人感覺格外擁擠。

這樣的景象在在讓我想起，為何終於下定決心把老家進行了清掃大整修。

去年，經過一整個暑假的清理，老家現在看起來清爽多了。之前父親讓我搬出去，我也就知趣不多干涉，畢竟那是他的空間。來修屋頂防漏的師傅告訴我，本來幾家鄰居都講好一起翻修，結果要施工的時候，那時還與父親同居的女人上頂樓來大吵大鬧，不肯出這個錢，所以最後只有我們家沒動工。

十年前這段原本不知道的插曲，背後的真相，無非是父親那時就已經老了，老到連自己的住處都無法管理或整修。儘管那時的他，出門都還是穿戴得筆挺光鮮。

原來，老並非都是先從外表衰頹起的，往往，從住家的常年失修，就可看出居住者的老態已漸露端倪。

修繕住家得花上幾個月的精神體力，家裡沒有年輕或力壯的人主事就辦不成。而多數老人只要還能自理，也幾乎都是反對住家有任何更新變動。不管何者為因，何者為果，老人最後總一步步被自己的空間拘禁，困在一個老舊的居殼中。

我幫父親、也幫自己擺脫了那個如同命運隱喻般的暗舊巢穴。這念頭讓坐在老師家客廳裡的我一方面慶幸，也一方面感慨——

我的老師與她的母親，在這個記錄了一輩子積怨的空間裡，仍繼續彼此折磨著。

．．．

雖無法確知老師退休後這二十年發生了何事，但是隱約可以感覺到，她在某個時間點突然就放棄了。

早幾年在那通電話上她就曾告訴我，因為視力不好，她已經放棄了閱讀。曾經那麼喜愛文學的她竟會說出這樣的話，當時我就十分驚訝，沒想到那已是警訊。

那個開麥拉前巧笑倩兮的美魔女，也被放棄了。

像是一腳踩空，她從期望著退休後的美好新生活，一下掉到了萬念俱灰。是因為單身不婚女性在這個社會上仍承受著無形的壓力嗎？

如今生病的老師在這個家裡，竟然被當成怪物一樣。有可能最大的壓力來源不是外界的眼光，反而是自己家人對她的異化與邊緣化？

老師的心裡究竟壓藏了多少外人不知的心事？照護母親多年，換來的是自己的失常，應該是早就種下病因卻無人關心，才會演變到這個地步的吧？

難以想像老師還有兩個弟弟，還有弟媳與姪輩，他們也都放棄了這個姐姐與姑媽？

・・・

沒一會兒，住附近的那位弟弟下班了，打電話說要過來。既然跟太師母問不出所以然，我本以為，能跟這個弟弟說到話或許會有幫助。

看護去開門了，半天沒見到人影，對方似乎刻意不想打照面。雖然意識到對方有下逐客令的意思，我仍不願起身告辭。沒想到他就一直在樓下等，最後才不得不進門。他的出現讓整個空間的氣氛立刻不同，一家之主般蹺著腿在中央的沙發上端坐，與母親一搭一和，繼續數落著老師的怪異行徑，生怕我們不相信似的。

「你們老師根本有問題，她神經不正常！」沙發上的男人不耐煩地看了老師一眼，對我們嚴正宣告。

我終於控制不住了，脫口而出：「老師沒有問題！是你們把她變成一個問題的！」

客廳裡剎時一陣靜默。

・・・

從老師家告辭之後，我和同學兩人站在樓下大門口，面面相覷，半天說不出話來。

算一算，老師今年六十七。也不過才六十七。但是她一直沒有獨立生活過，從來沒有屬於自己的隱私，自己的空間。中學老師的工作環境雖然相當封閉，但也相對單純。往往，從那樣的環境退休後，也就少了那一層保護罩。

同樣地，單身久了，也會有一種因怠惰而產生的不合時宜的天真。婚姻中的容忍犧牲，親家間的應酬人情，何時該冷戰，何時該恩愛，這種種不婚者所不知的拿捏與算計，久而久之，亦可把人磨練出更多元的生存招術。

如果以上兩者皆缺呢？

（進入人生下半場，不過是另一場生存戰的開始啊！）

年少時的我們，在最苦悶的升學階段曾有老師溫柔的陪伴，但是現在的她這麼孤單無助，做為學生的我們卻不知道能做什麼。

畢竟，我們仍是外人。

在探視的過程中，一直可以感受到她家人對我們的來訪，有某種程度的敵意，或是不信任。除非我們去向社會局通報？把老師強制送醫灌食做治療？

孤身的她，就算脫離了這個家庭，之後呢？她能學習獨立開始另一種生活嗎？

哪一天老母親走了，老師還能繼續住在那房子裡嗎？

弟弟一定會想把這個「問題」處理掉吧？這房子不可能是在老師的名下，看得出來太師母是疼兒子的，所以——

⋯

（不敢再想下去了。）

已聽過太多關於老後的悲劇。只不過，這回故事中被人遺棄的不是年邁父母，而是那個未嫁的老女兒。

獨居老人的問題值得重視，可是有多少像老師這樣，被家人關在屋裡的例子沒有被發現呢？並未失智但卻瀕臨崩潰邊緣的單身老兒女，該向誰求助呢？

想到當年的自己，體弱多病，敏感早熟，鬱鬱寡歡，十二、三歲就有想死的念頭，曾經是個讓老師擔心的學生。四十年後回首，我看見自己的改變；而我的老師，她的生命就這樣涸枯了。

眼前又浮現二十七歲的老師與那個十三歲的少年，在黃昏的校園。時光靄靄，我的目光也漸漸模糊了。現在看來，那對身影，都還是未經世事，仍在做夢的年紀啊！

我該如何告訴當年的這兩個孩子：敏感細膩的人也可以勇敢，才更需要勇敢？

——故鄉與異鄉

多年來我雖曾反覆重讀《異鄉人》，沒想到直到最近才發覺，自己竟然一直忽略了一件事。

卡繆那個耳聾又不識字的母親是何時過世的？

卡繆三十歲不到就寫出了《異鄉人》。他的父親是貧窮的阿爾及利亞法國移民第二代，母親也是來殖民地討生活的西班牙窮人家女兒，不但是文盲，而且左耳耳聾。

卡繆的父親在他一歲的時候就從軍，參加了第一次世界大戰不幸犧牲。從小很會念書的卡繆，靠不識字的老母當清潔婦扶養長大，母子相依為命多年。

據說，小卡繆與母親去看電影時，因為當時默片中間會有字卡，卡繆都得幫母親大聲讀出來。母親怕兒子覺得丟臉，每次都會故意放大嗓門對兒子說：「唉呀！我的眼鏡忘了帶，你得幫我唸唸，上面在寫什麼？」……

以卡繆過人的資質，卻只能一直待在阿爾及利亞，一直到讀完大學才終於得以脫身。不被認可的才華，加上白人貧戶在殖民地的尷尬處境，讓他對生存的孤獨感體會猶深。

喊出「存在主義」這個名詞的沙特不一樣，他是有錢人家的少爺，偏偏年輕的時候生得醜，沒有女人緣，難怪想要搞出一番名堂，拚命想拉攏卡繆卻一直碰釘子。

也許卡繆不是真的覺得存在主義的內涵與自己的想法分歧，有時我會這樣猜想。他會不會是因為打心底覺得，沙特這個養尊處優的公子哥兒懂得什麼是存在與荒謬，所以才不想與他為伍也說不定呵！

一夕成名的卡繆，四十三歲就得到了諾貝爾文學獎。三年後，一九六〇年的一月，他與他的出版發行人一場車禍中雙雙斃命。

．．．

很少有文章提到卡繆的母親。我特別為此上網路搜尋，結果讓我大吃一驚。竟然，卡繆的母親與卡繆是在同一年過世的。老太太比卡繆還多活了八個月，享年七十六。

原來卡繆從來沒有經歷過母喪。小說中單身小職員喪母後的孤絕，那麼深刻真實，原來純粹是出自卡繆的想像。

四十六歲就過世的卡繆，不知為母親入殮是什麼情境，對父親的過世毫無印象，更更不用說，半百之後守候衰老的母親這樣的體會也都不曾。

這算是幸，還是不幸？

然而，「母親會在養老院孤單地死去」，這彷彿是前途尚一片灰暗的卡繆，在青年時期最大的隱憂與悲傷。

儘管他下筆之時，母親才五十多歲，離送進養老院還遙遠得很。有無可能，已經襁褓失怙的他，有天可能要失去母親的恐懼始終縈繞心頭，才讓他有了這本曠世名著的第一章？

・・・

卡繆自己說，這本小說是「關於一個人，因為沒有在母親葬禮上掉淚而被判死刑的故事」。

小說一開始，主人翁的母親過世，他匆匆趕去養老院奔喪，從頭到尾沒有流下一滴眼淚，後來在他犯下殺人罪後，沒掉淚這件事被檢方渲染誇大，認為這就是他喪心病狂的證據。

在按下板機的前一秒，主人翁感到「太陽刺目熾烈……這跟媽媽下葬那天是同樣的太陽」。我的解讀，在那一瞬，他潛意識裡閃過的模糊念頭，或許是與母親同歸於盡。

甚至我會揣想，那個現實生活中三十歲仍一籌莫展的文青，是不是藉著讓主角母親死於養老院，找到了與文盲母親切割的自我合理化？

二十多歲仍渴望脫離困頓，不甘默默無聞的卡繆，是否對母親有著某種類似背叛的愧疚，所以才讓小說中的兒子被判死刑？

・・・

卡繆不承認自己與存在主義是同路人，甚至後期也並未加入當時知識分子對法國出兵鎮壓阿爾及利亞獨立起義的一致討伐，引來了不少批判杯葛。

以前一直不解，難道這是他自我標榜所謂「異鄉／局外人」的姿態？

這兩年我突然有了一個奇怪的想法。再義正辭嚴的主張與激動人心的號召，背後可能都暗藏著個人與家庭的難解糾結。

我越讀卡繆的《異鄉人》，越覺得像是讀一本給母親的情書。每隔幾段，母親都會在主人翁腦海浮現，失去母親的那股悲傷始終如影隨形。

一直「左」得不夠徹底，會不會是因為他心裡始終惦記著，做為人子未了的責任？

他的血緣與國籍是來自法裔的父親，但真正的家人卻是西裔的母親，法屬的殖民地則是母子唯一的家鄉。阿爾及利亞若是獨立，他不識字的老母親離開家鄉後，能夠成為被接受的法國人嗎？對他而言，阿獨已經不是政治問題，而是情感中最脆弱的傷疤。

他不能再一次背叛母親了。

如果他可以選擇，會不會希望自己是葬在唯一的故鄉阿爾及利亞，而不是法國的墓園？如果親情國家政治血緣都讓卡繆的立場陷入膠著，我們這些小老百姓又如何能超越這些無解的對立？

眼前在台灣，每一個家庭裡的老人，有的受過日本殖民統治，有的是從中國大陸過來，不要忘了還有那些仍生活在部落裡的老人。如果「老」在某種哲學意涵上是一種**回家**的隱喻，所謂老有所終，那麼至少我們這一代在照顧的老人們，在精神與哲學的層次上，都是無家可歸的。

有些老人到最後只會說日語了。

有些老人只說得出湖北或河南老家的位置了。

我一直記得侯孝賢《童年往事》裡那個總是要回去梅縣而迷路的祖母。

等我們老去的那一天，我們想要回去哪裡呢？能夠回去哪裡呢？

．．．

白髮人送黑髮人，卡繆生前一定未料到，他的人生竟會是這樣荒謬的收場。

如果卡繆再多活幾年，真正經歷過喪母，（或許在葬禮上他果真沒有掉淚），他會不會寫出比《異鄉人》更深刻的作品？竟然老天沒有給他這個機會。

三十歲前的卡繆就已看穿了，俗世標榜的各種「意義」其背後的虛偽與虛無，五十歲後他若仍在世，又會參透什麼呢？

有無可能，最後他厭倦了巴黎人文圈裡的明爭暗鬥，也不再因身邊美女如雲而沾沾自喜，反而在五十歲後返家陪伴老母，靜靜守候到最後？

如果有這個機會陪伴母親終老，會不會終於異鄉人也找到了回家的路？

——荼蘼與玫瑰

已是午夜闌珊的小酒吧裡，最後剩下的幾個熟客有一搭沒一搭聊著，突然有人提起了你的名字。我說四、五年前有天晚上還在街上遇到過你。接著那人頓了頓，臉上閃過一絲欲言又止的表情。

「他已經走了。你不知道嗎？」

我怔住了，隔了幾秒才咬著唇回問一句：怎麼走的？

那人說，也是輾轉聽來的，不清楚。

酒一下子醒了，拿出手機上網谷狗，只發現一、兩條聊天留言提到這個消息，時間都已相隔久遠。我心想，這真是你的風格，像是永遠沒人能摸清的謎。感覺胸前一陣糾悶，努力想記得，最後看見你的那天晚上，心想那應該就是你離去的前後。

（或者，那個夜裡我看到的，是你遊蕩的靈魂？）

繼續喝酒唱歌的他們，不了解我的驚訝與不捨。那你呢？我的反應該是你意料之中的吧？我到底還是捨不得你的。

竟然，你已經走了這麼久了。

怎樣？你們是有在一起過嗎？有人問。沒有。我們沒有在一起過。我說。

（向你告白過三次的這個人，你曾想過要跟他告別嗎？）

．．．

人海中一鬆手就是生死茫茫。你其實早就與我無關了。我連你的電話號碼都刪了。

認識的當年，如今想來已宛如前世的上個世紀末，三十歲還不到，一群男生總愛把人家咖啡廳占到打烊，怎麼都不肯散。

那年，我們都才剛發現自己，剛發現在這個城市裡自己的同類。不同的背景，差不多的年紀，我們都陶醉在自己的青春裡，仍相信傳說中的愛情，即將會如同一陣清風拂來。我們的笑聲裡難掩那份遲來的羞怯與期盼……風來花開，那樣的季節還會遠嗎？……

難道是，我們都終究沒等到那一天？

（你走的時候是一個人嗎？）

竟是在這樣一間沉暗氤氳的吧裡得知你的離去，與記憶中的我們終究太格格不入了。二十幾歲的大男生們，一九九〇初風華時髦的台北，那才是屬於這個故事的背景。

快三十年了，圈內真正後來還會保持聯絡的，仍是初相識的一群。只是有人在北京，有人在上海，或北中南已分散在島上的各處。後來的我們再也沒有當年那種單純的自信，都受傷了，都痛哭了，瘋言瘋語，逢場作戲，都結起了冷漠的痂。後來，也只有與這幾個老友碰面時才會向彼此揭開那些瘡疤。

有些事只有我們懂。只有在上個世紀，第一次決定不再躲在暗處勇敢尋愛的我們才懂。

你不知何時就已退場缺席，沒有人知道你的近況，除了在廣播裡仍可聽見你的聲音，卻從沒注意到，你的節目不知哪時起已經從頻道上消失了。

此刻的我不知道是否要通知當年的其他人，他們勢必不會如我，把你擺在心中如此之深的抽屜。

但是又該跟他們說什麼？直到你已離去，才發現對你的所知仍這麼有限。我甚至擔心，在抽著菸想寫下我們故事的此刻，會不會不小心透露了太多？

（後來這些年，你究竟都把自己藏在哪兒呢？）

・・・

第一眼看到你，我想這是《紅樓夢》裡走出來的男生嗎？不是蔣玉函也是秦鐘之流。細緻修長，深深兩道酒窩，尤其說話的聲音煞是好聽。然後你來聽我的演講，每次我的眼光望向你，你立刻就臉紅了，把頭垂下。

也許我一開始就誤會了。

整個懷春的少年期在壓抑中度過，不光是我，那個年代的我們，哪個不是到了二十五、六歲後才第一次有了社交，才開始笨拙地學習在公開場合傳情示好？我們約會吃飯，老掉牙的哏，卻對那一代人來說是破天荒跨出的一步。我們親吻，七夕前的颱風夜。在我胸前，你曾留下了一片月餘後才終於消退的淤紫。

但那塊淤傷已經永遠留在了我的心頭。你讓我第一次經歷了挺著昂然下體目送對方脫逃離去的羞辱。

臨去前你尖酸地拋下我至今仍洗不去的一段話。你說，我這種「名作家」不會懂得你這種人家的小孩的痛苦。你說，你的父親什麼都沒給你，除了你的這張臉，還有一副好聲音。

我去了紐約。中間偶爾回台時，大家聚餐或約唱歌也還見到幾次你的身影。一回結束後與你散步了好長一段路，你依舊語帶揶揄：我終於第一次出國旅遊了，去了夏威夷喔！

本想解釋，我只是一個省吃儉用的留學生，相較那時在台北年終獎金動輒十幾個月的朋友們來說，我什麼都不是……但是下一秒我告訴自己，你我是不可能有任何結果的，一咬牙，兀自揮手上車離去。

以為結束了，但是並沒有。

幾年後的我真的什麼都不是了。母親過世了，情人自殺了，甚至一度我也不再寫作了，也不接觸任何圈內的人事，在朋友開的小 Pub 裡我喝完一瓶又一瓶的威士忌，心情就只有落魄二字。已經一腳在櫥櫃外的當時，想到母親的過世與情人的自殺都是無法彌補的歉疚，想再回去櫥櫃裡，至少那裡不再有失望，我不會傷害人也不會再被傷害，只要得過且過就好。

但是，爬回去的路似乎比想像中更漫長黑暗。廣播中聽到你的聲音，我再次情不自禁，和你約在黃昏的二二八公園。

我只是很想再見到你，我說。

我很想再記起，在這些年的這些事都還沒有發生的那個從前，那時的我曾經能夠那麼歡欣地對另一個人說，我很喜歡你——

然後我就哭了。

公園裡光線漸暗，遊人影稀，涼風從樹葉間刷刷吹過，然後我聽到默聲許久的你道出一句：我很抱歉。

一切都隨風了。

也許你就像是小王子遇到的那朵玫瑰，而我終究要前往下一個星球。

⋮

幾年後接到你的電話，依然是甜中帶刺的嗓音。還會介意嗎？可以好好說話嗎？能邀你來上我的節目嗎？……

應該拒絕的。早也學會世故的我不是不知，但我的小人之心只願用在後來亦不復天真的生張熟魏身上。但因為是你，希望能為你——不，為我們，保留一份姑且也算兩小無猜的過去。沒想到你的功力又大進了，錄音間裡總是意味深長地對我凝視著。放歌了，進廣告了。我們安靜地坐著，沒人打破沉默，好似真的有一段過去在彼此之間無聲地傳閱著。

我盡量小心維持著一道不要跨越的線，一起吃個飯或相約小酌都不礙事。但那段日子裡生活過得一團亂，最後我終於還是爆發了，十幾年來的孤獨與悔恨彷彿找到了宣洩，藉著酒意在某個闃黑的巷口，我一把揪住你的衣領：我聽說了……我聽說你……被人包養了，是真的嗎？

（你面無表情：我不需要回答你這個問題。）

太典型的回答了。像被激怒野狗一樣的人永遠是我，如玉石散發著熠熠冷光的永遠是你。為什麼就是不能跟我在一起？然而我又示弱了。

（我們可以不要談這個問題嗎？）

沒錯，你的父親只給了你這張臉和你陽光青春的聲音，他忘了分給你一點良心與羞恥心！

此話一出，我知道，這次是真的結束了。

你挑錯對手了，我只能說。不是我認不清那個自卑又自戀的你，只是我骨子裡的那個鄉下人總以為，沒有人可以永遠戴著假面。

．．．

這些年，總有一種被時間欺騙的感覺。

二十多歲時，全球風起雲湧的同志平權聲浪就像一隻巨人的手，把我們從溝渠中撈起，將我們朝向陽光與彩虹的方位舉捧在掌心。覺得不能再等了，快要青春尾巴的我們，已經浪費了這麼多年了。我們在心中默禱著，很快的，這世界的改變會很快的，到時候落後跟不上的人可是自己喔！……

三十年就這樣過去了。

以為很快就會發生的那些事，終究還是步履蹣跚遠在地平線的那一端，這一頭的我們，仍舊只看得見那條長長拖曳的影子。

而當年的我們都已邁入初老了。

只有你，不會老了。

戴起耳機，一遍遍播放著同一首藍調老情歌，芭芭拉·露易絲一九六三年灌錄的 *Hello Stranger*。想跟你說，我為我們點播了這一曲，獻給已經很遙遠的青春。

（哈囉，陌生人，見到你又出現了真好，這中間已經相隔多久了呢？……）

開到荼蘼春事了。

花季終於結束了，我的玫瑰。

謝謝你帶來了這個消息，否則我怎麼能真正放手，告訴自己從今而後，地平線那端只剩斜陽餘一寸？

所有的相守或相忘，都是注定的緣分。緣分比情字更強悍，我如今才懂得。有些人曾轟轟烈烈相愛過，之後一切無影無痕，從彼此生命裡永遠消失。而有些人，即使沒有期待中的任何發展，他們總會再度回來，牽動對方生命中的一些轉折。

你我之間的緣分，原來並非歡愛纏綿。

是你的出現，驚蟄了我沉埋的青春；如今也因你的離去，關上了我之前仍頻頻回顧的那扇門……

都好嗎？

記得那天晚上最後與你擦身而過，我對你說過的最後一句話。

都好，你自己保重。

說完你就繼續上路了。

（哈囉，陌生人。你又出現了。如果你不會停留，就請放我走……）

喔芭芭拉，不要哭了，我說。

PART FOUR

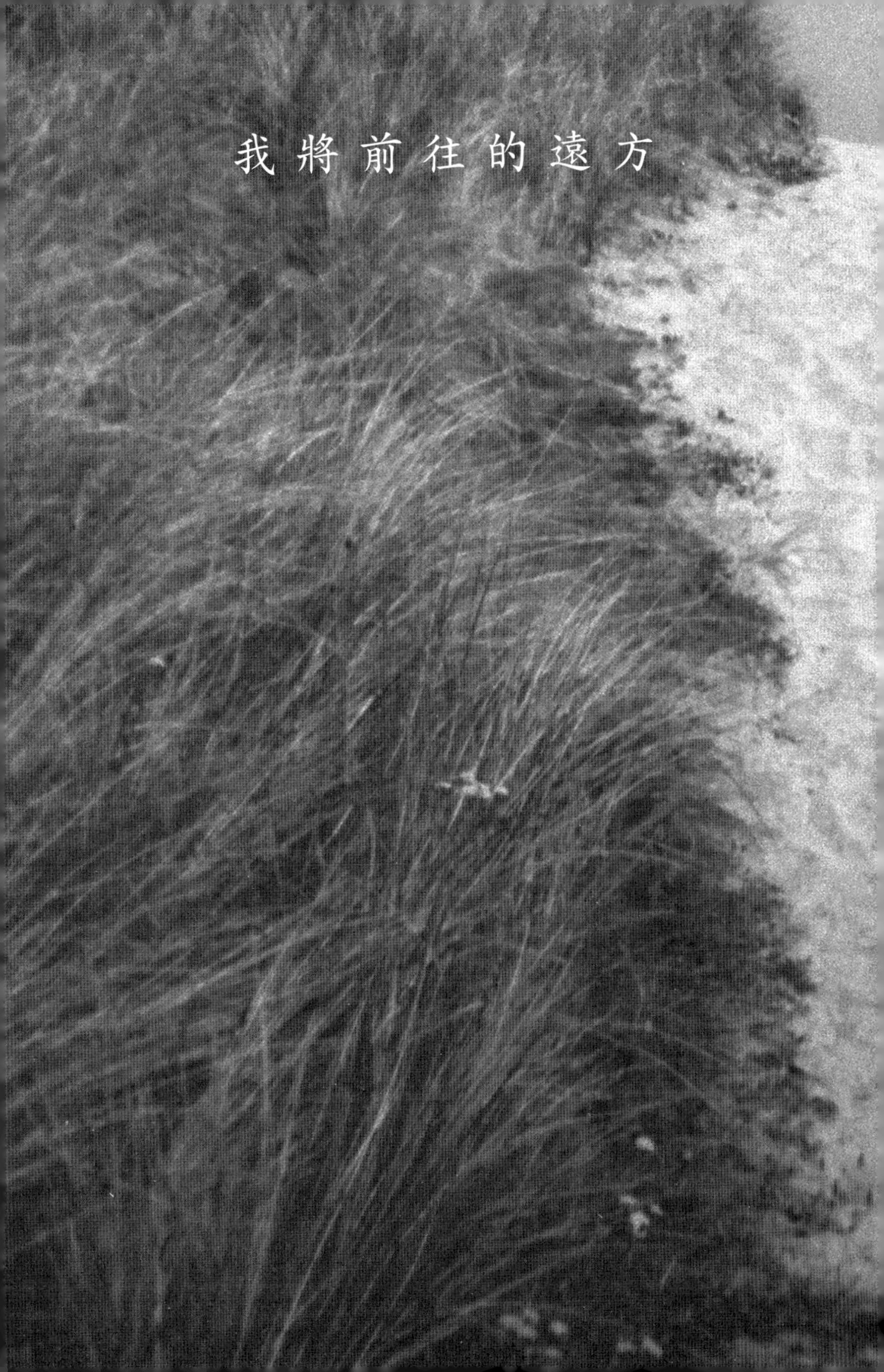
我將前往的遠方

—— 做自己

每個人的人生必然都會走到一個關鍵時刻，成敗在此一舉，那就是必須開始接受自己是誰。再也不是你可以成為什麼樣的人物，而是真正的那個你，之後永遠都會是如此的那個你，到底是誰。

——英國小說家符傲思（John Fowles）

有一篇短篇小說〈好人難尋〉，是任何美國文學選集都會選進去的經典作品。

故事非常簡單：主角是一個平凡嘮叨的老奶奶，某日與兒孫三代出遊到佛羅里達。在旅途中，老奶奶始終想繞道去田納西探望自己的老朋友，沒想到這一改道，竟讓他們在半路遇上歹徒。

老奶奶脫口指認出對方就是新聞上報導的逃獄犯人，這下子引來了殺身之禍。歹徒把一家人依序帶到樹林裡處決。老太太一直向他求情，拚命稱讚他是好人，不會對婦道人家下手，卻仍只能眼睜睜看著家人一一走上黃泉路。

老太太開始呼喊耶穌，歹徒卻說自己從不禱告，反而嘲笑老太太：「如果上帝真的能讓你們起死回生，那現在就應該趕緊讓你們上天堂與他會合啊！我不信上帝真有起死回生的能力。」

就在幾乎放棄信仰，承認自己也不相信起死回生的那一瞬，老奶奶突然萌生勇氣，伸出手按住歹徒的肩膀，對他說：「你也是我的孩子。」

語畢，歹徒還是把她殺了。

老太太死時，作者如此寫道：「就像一個嬰孩蜷縮在樹下，帶著微笑望向天空。」

我雖不是基督徒，但這篇小說深深打動了我。

小說中真正讓老奶奶得救的，並非掙扎過程中頻頻呼喊耶穌，而是在面臨死亡，走過恐懼、悲傷與失去，最終勇敢伸手按住歹徒的剎那。

所有意義的追尋與完成，都是要經過負面的檢驗，經過死亡、痛苦與狂喜，得出的果實才是真正的信仰。

一開始就深信不疑的，有時反而是一種盲目的自信，給軟弱的自己所打造的高牆。

・・・

學生跟我說，他們這一代壞掉了。

我問怎麼了？他接著用羞赧中帶著些許怒意的口氣說道：他終於明白，生長在台灣，他們這一輩中永遠沒有人能夠成為麥可．喬登、沒有人能夠成為村上春樹、賈伯斯，甚至女神卡卡……

我不知該誇獎他們這一代的抱負遠大，還是該恥笑我自己的度量狹小？因為我看不出來，能成為這些人有什麼好？

因為就會有很多人景仰你，愛你，你對人類的影響沒人能忽視！學生說。

但是這些人都已經出現過了，而且，他們也都只會有一個，就算能夠成為他們，也都只是第二號翻版了，對不對？

那我們該怎麼辦呢？

年輕的孩子漲紅了臉，好像快要哭了。

對於他們這一代來說，電腦從能識字開始就隨手在側，所有這些媒體上的偶像一路陪伴著他們成長，沒有他們得不到的資訊，各式各樣的明星如同死黨般在網路上隨叫隨到，加入偶像臉書中好友群也宛如躋身了成功人士俱樂部，無怪乎一旦初期的興奮消退，隨之而來的即是忿忿不平與困惑：被尊寵的那個人為什麼是你，而不是我？

想要成為somebody的渴求不是他們的錯，每個世代都會出現對成功成名的焦慮，只是因為網路的興起，讓這樣的目標設定顯得更理所當然，讓理想與現實之間的落差變得更加難以平心靜氣接受。

你說到的那些人名，難道只有他們的人生才是值得追求的嗎？我反問。你有沒有真正想過，你自己的特質與強項又是什麼？為什麼要讓媒體告訴你，你是誰？而不是去反思，如果我不是他們，我可以成為誰？

．．．

不禁想起還在念書的時代，沒有電腦查尋藏書，無法按下關鍵字就會顯示出相關資料，因此我總是站在一排一排的書架前，一本一本地翻閱。因為這樣，我發現了太多並非「最熱門搜尋」會提供的人名與著作。我才知道，有這麼多相對名氣不大、卻在百年後仍被列為重要文獻的作家。他們也許僅有那一、兩本著作，看似寂寞，卻又非常怡然地被放在那不起眼的位置上。

世上有太多尚待被探索的知識，有的熱門，有的冷僻，有的追求實用，有的強調精神，就是需要各種不同的人願意付出精力，發揮所長，耐得住寂寞，相信自己的由衷之言有朝一日能改變世界，所以這個世界層出不窮的新問題，才能一次一次找到不同角度，突破現狀。

我該怎麼告訴年輕的孩子們，做自己不是因為選對了某條功成名就的路，有時反而是因為你選了世人眼中最辛苦的那條路？為了做自己，多少人其實付出過相對更加倍的努力？

・・・

朋友又氣又無奈地給我看他在國外讀書的孩子，一頓飯吃掉兩百歐元的帳單。我心想，誰要你給了他一張信用卡副卡？但是嘴上還是安慰他：他從小就沒吃過苦，知道自己爸爸事業有成，這張帳單爸爸付得起。朋友臉上竟然立刻就有了自得的笑意，完全沒聽出我的諷刺。

這不是付不付得起的問題。難道我這朋友沒有想到過，孩子可能把這張帳單PO在臉書上，期待眾人來按讚？

我真正想說的是，你讓他失去了認識自己是誰的機會。

年輕的孩子不懂。他們或許以為自我的價值的成立，是網路世界可以隨時變換的虛擬身分，是臉書上傳的一張瘋傳的相片。只要有一個神來之筆，按讚人數可以從個位數到破萬。

然而，成年人就真正比孩子們更清楚嗎？

這套虛擬的身分遊戲，不是早在成人的世界裡日日上演？有多少人敢說，他這輩子不在乎拿出的名片上，印的是什麼職務頭銜，待的是哪家企業機關？

如今只是將這個勢利又膚淺的遊戲，用數位科技文明重新包裝，提前進入了年輕不設防的生命。

而後知後覺的我，過了很久才想通，朋友拿出兒子的帳單，根本也是在對我炫耀罷了。

・・・

撰寫博士論文大綱的時候，有一章我計劃要討論愛德華・阿爾比（Edward Albee），但是指導教授對此質疑：他都已經三十年沒有人討論了，是個過氣的劇作家了，改個題目吧。並不認同這樣看法的我，選擇的是更換指導教授。

等到論文大綱通過口試，阿爾比睽違紐約劇場三十年後，竟同時有新作登台，而這部《三個高大的女人》（*Three Tall Women*）接下來獲得熱烈好評，也讓劇作家拿下他生平的第三座普立茲戲劇獎，百老匯趁勢又把他幾部舊作重新推出……

對自己擇善固執的結果感到高興，但是我心中更感激的是藝術家教會我的這一課：不由別人的評價或眼光來告訴你，「你是誰」。幾乎所有人都宣布他的時代已結束，在六十八歲這年，藝術家以新作告訴世人，「我是阿爾比。」

如何能熬過中間那段從雲端跌落，長達三十年的無人聞問？阿爾比的回答是，我這三十年從來沒有停過筆。

二〇一六年阿爾比去世了。

我永遠記得，在劇團朋友的派對上，我終於第一次近距離看到了阿爾比。朋友說，去啊去啊，介紹你自己，把你的論文送給他。

我只是笑笑，不打算這麼魯莽，能夠在一旁看著我的男神就已心滿意足。如今他又再度成為百老匯的男神了，不需要這時候讓他以為，我不過是又一個來趨炎攀附的無知之輩。

他永遠不會知道，我為了他差點賠上了自己的學位，跟系主任鬧翻。我一直相信他是頂尖的，而他果然也沒讓我失望。

我為他冒過的風險，沒有任何實質利益的考量，單就只因為在做學問這條路上，我知道，我必須開始學習相信自己的判斷與眼光。

曾經，就像〈好人難尋〉中的那個老奶奶，在求生與信仰之間，我也看見了真正的自己。

．．．

小學畢業四十年，大學畢業三十年……就在最近幾年，這類的同學會忽然多了起來。

照理說，這兩年都在留職停薪處於停頓狀態的我，應該對於這樣的聚會難免感到有些遲疑。即使還在忙著教書寫論文的時候，我就已意識到，對於多數從事其他行業的同學來說，我的世界提供不了任何職場上彼此可互通有無的人脈資訊。同學會彷彿是被逼著走出自己的舒適圈，跟外面更大的世界比一比的勇氣大考驗。

但是我幾乎是載欣載奔，每一場這樣的聚會都沒有錯過。因為如今的我常想到，自己從小並不是一個容易跟大家打成一片的孩子，很早就是「文藝氣息」罩頂又少年老成，要是被當成怪胎眼中釘，被同學們捉弄或霸凌也並非不可能。但是這樣的事一次都沒發生過。

我仍記得他們對小時候身體不好的我常有的關心表現，幫我送作業回家，體育課幫我作弊，這種種小事都讓我難忘。如果不是有他們陪我長大，換了一批人做同學，我的成長也許就完全不同。

並非每位出席的同學都有著飛黃騰達的人生，但仍願意放下虛榮與比較之心，熱情參與的這份自在，在我看來，才是人生成就見真章的時刻。

都知道我在寫作，但真正讀過我的書的同學卻少之又少。某位稱得上是事業女強人的大學同學，問我都在忙什麼，我說我在寫書。顯然對我作品一無所知的她，聳聳肩說了一句：「你知道嗎？我以前得過××寫作班小說組第一名呢！」

我說是啊我知道。

但說實在的，我不知道她這句話的意思究竟是什麼。

不重要了。

我就是一個寫作的人，不需要別人來認可，也不需要有人來附和，沒有讀過我的書沒關係，只要是做自己的人，都是我的良師益友。

這樣的人，他們的人生才是我更想要閱讀的一本書。

—— 老確幸

聽說我要去聽一場名為「橄欖樹」紀念李泰祥的演唱會，年輕一輩朋友的反應竟是，不懂這首歌當年為什麼這麼紅，旋律那麼簡單，好像兒歌喔！

（不，一點也不簡單，這背後有故事的……）

想要解釋的衝動一瞬即過。

你不懂得〈橄欖樹〉又與我何干？你不知道那是美國跟我們斷交的第二年，越南淪陷的第三年，老蔣去世的第四年，台灣正陷在「這下死定了」的恐懼竊語之中。

就像你也不會知道，直到今天我聽見約翰．藍儂的 *Imagine* 為何眼眶仍要泛淚。歷經二戰冷戰韓戰越戰後，最後他也只能用一首這麼簡單的歌告訴世界，不要忘記愛與和平，欲辯已忘言。

（世代交替，你我就像斑馬線上面無表情、雙向擦身而過的路人。）

臉書讓你們橫向的聯結變得無遠弗屆，但是縱向的承先啟後呢？

這些年，我常會努力回憶，我的父母在我這個年紀時候的樣子。他們那時快樂嗎？迷惘嗎？會恐懼嗎？

父親五十歲的時候，我國一。母親五十歲的時候，我才剛上大學。風雨飄搖的大環境，國難當頭，孩子又都還在念書，除了咬著牙繼續往前，他們沒有太多選擇。

（未來的你們，又將會如何記得我們？）

・・・

我不會忘記，三十多年前那個週六的上午。

校長廣播請全校老師立刻到會議室，有重要事情宣布。等國文老師再回到課堂上，沒說兩句就哭了。美國跟共匪建交了，她說。

雖然我們才國二，但都明白事態之嚴重，畢竟在越南淪陷後，我們已經被帶去看過不只一次的《越高淪亡錄》紀錄片。

對啦我們都是被當時威權政府的愚民政策給嚇大的。過去幾個學期已經有好幾位同學全家移民了，我們這種公教人員家庭沒處可去，在當時都只能乖乖認命。

（與台灣共存亡！當時最常聽見大人們把這句話掛在嘴上。）

只有三家電視頻道的年代，所有娛樂節目都停播，每天都是煩死人的愛國歌曲，像是〈誰都不能欺侮它〉、〈梅花〉之類的。然後，不知整件事怎麼開始的，沒有媒體打歌造勢，幾個月後《橄欖樹》的一卷卡帶在同學之間流傳起來。約莫同時，雲門舞集的《薪傳》一個一個鄉鎮開始巡迴，校園民歌聲中，十大建設也如期在次年全部完工。只有活過那個年代的，才記得台灣那時什麼都沒有，卻在巨大的衝擊後，開始慢慢什麼都有了。

彷彿十幾年來的苦悶與憤怒都成了能量，原本眼看將是一艘沉船的台灣，後來竟乘風破浪，在八〇年代成了亞洲四小龍之首。

・・・

忙到快七點，匆匆在路邊夜市吃了碗鍋燒麵，在週五下班人潮中好不容易攔到一輛小黃，對司機說了地點，砰地關上車門。有那麼三五秒，一種久違了的安寧讓人變得有些恍惚，整個人癱在座椅上，無聲的自己望著無聲的街燈流離，竟也是一種幸福。我的台北。

今天晚上世貿會議廳有什麼活動嗎？司機先生問，台語腔的口音。是齊豫的演唱會，我說。

啊，齊豫喔——

五十好幾的歐吉桑像是聽到了一個老朋友的名字般，發出了開心的笑聲：偶最喜歡她那首——

說到這裡突然停電，下一秒沒預警便開始用唱的：一條日光的大道，偶奔走大道上……啊 kapa kapa 上路吧，這雨季永不再來……聽他唱得如此歡樂，我驚訝他對這首歌確實鍾愛難忘。人不可貌相呢。

在夜幕低垂壅塞的基隆路上，我加入他的歌聲，為我們開出另一條車道，叫做記憶。

司機先生你幾歲了？

五十八了。

日光大道被朗朗唱誦那年，他是二十六、七的春風少年兄，我是十六、七的平頭小文青。小孩都大了吧？

偶晚婚啦，大的剛上大學，小的才國一，他說。

我一語他一言，目的地不一會兒已在眼前。下車前我說：噯，既然你也這麼喜歡齊豫，要不要下車，看看還有沒有票？

平日聽多了小黃運將的抱怨，我本來預期他會反嗆我：那有你們這麼好命，有錢聽演唱會，我們日子都過不下去了說……

沒想到他沉默考慮了五秒鐘，最後開心地回答我：算了，偶看偶還是等演唱會結束，回來這裡做生意就好了。

等下了車後我才閃過這個念頭：他那個念大學的孩子，會不會正在立法院前靜坐抗議？做父親的繼續哼起日光大道，踩下油門，穿梭在台北的大街小巷，又是什麼樣的心情？

・・・

曾經我們這一代相信的，用這一生所謂黃金時光所投注的，都正在面臨著泡沫化。

我們的黃金時期？說穿了，都是在沒有戳破的假象下，一知半解地在興高采烈罷了。

曾經，我們努力讀書，一張國立大學文憑就可以成為翻身的敲門磚。聽從長輩的經驗，相信只要進入一家大型歷史悠久的企業組織，或是公職體系，一步一腳印，我們的付出即可換來相對的保障，但是這樣的契約已不復存。

曾經，我們相信科技文明與公民素養是提升生活品質的要素，從沒想到原本應相輔相成的利器，到今天成為了彼此顛覆毀滅的矛與盾。

曾經，我們天真以為人類一定是往更優秀更文明的方向演進，明天一定會更好。如今才看到人類彼此殘殺、自我毀滅的劣根性原來總在蠢蠢欲動，戰後嬰兒潮所經歷的欣欣向榮並不能永保後世恆昌，也許只是因為二次大戰帶來的恐懼與創傷，人類到底安分不了多久。

從貧轉富，又從盛轉衰，我們這一代都已經歷過至少兩次社會環境的翻轉。但是，現在的我不認為有什麼東西會理所當然地永遠存在，也不相信若少了什麼我的存在價值就一定面臨否定。因為從無有中走來就不怕匱乏，不怕才可以捲起袖子重新來過。四十年過去了，我們也有屬於我們的老確幸。那就是，走過了面對了，就知道人生不過就是這麼回事。

天底下沒有白走的路，因為你們這一代還沒有走過，所以看不見什麼叫歷史重演，或者說無法辨識，那些我們早已看穿了的重蹈覆轍。

在美國生活多年的我，反觀這個超級強國老大哥，得到的也是同樣結論。從一九八〇末看到的後雷根保守主義當道，到九〇後柯林頓的自由主義抬頭，又在九一一後如鐘擺效應發酵，到今天的川普當選，美國走上了極右民粹之路，這中間豈有一定的對與錯？跟真理正義又有啥關聯？

不過就是慌慌張張的老百姓在病急亂投醫啊！

．．．

懷念中的那個歌聲，再次喚起了記憶中的心跳、苦悶與悲傷。時代永遠是顛簸崎嶇又充滿險惡未知的，因為我們走過，所以才不忍苛責。當年若不是也曾懷抱著理想，活在那樣灰黯的年代，我們怎麼會有走下去的動力？

沒想到整晚最令我感動的一首歌，卻已不再是〈橄欖樹〉了，反而是齊豫向鳳飛飛致敬所演唱的〈掌聲響起〉。咦，當年在校園民歌對立面的，不就是鳳飛飛鄧麗君這種「靡靡之音」嗎？

（原來，有些掌聲，是需要一個世代的等待與沉澱後，才更響亮。）

不需要繼續流浪去尋找夢中的橄欖樹了。

因為在這塊土地上，我們都早已綠葉成蔭。沒有倒下的我們，最後都成為了自己生命裡的那棵橄欖樹。

不是我們老了，不懂得什麼是熱血與激情。朝美國大使座車丟雞蛋、跟教官拍桌子好像還是昨天的記憶。正因為如此，總得有人留下來守護著這份記憶，記得這一切不是因為一張選票或一次抗爭就翻盤實現，而是多少人用了半生的歲月，好不容易才讓所謂的自由一點一滴融進了生活。這中間嘗試了多少的對話，多少的包容，耗費了多少的耐心，經歷過多少次的期望與失望。這些，都是你們今後才要開始面對的。

（野百合如今安在？……梅花還能越冷越開花嗎？……）

總有舊的謊言被揭穿，新的神話又來補位。比起上一個世代，年輕的你們至少從出生，便已免於生存的恐懼。

你們總在「好」與「更好」之間挑揀，不知道從無到有，這之間過程的漫長。也因此，你們從不知道有些事情的答案，並非二選一而來。曾幾何時，只要有一道似是而非的二分法魔咒出現，大多數的人就身不由己，像看到滾輪就死命跑的白老鼠。

你支不支持XXX？你支不支持YYY？

當這樣的思維與訊息充斥，關心的主題便已不再是公共事務，而是一種針對個人的泛道德檢視，只聞風聲鶴唳，再也沒有對話。

人生中沒有哪一種選擇，不會隱存著事先未見的風險與事後的遺憾。沒有哪一次難關，最後解決之道不是因為靜下心來，靠自己找到出路。旁人的關心或承諾，都不過是杯水車薪。

成長是可能且必須的，每一次的未來，只有在堅持與不斷修正的辯證中才會發生。你可以繼續在面對困難時不斷猶疑猜測恐懼，或者停止人云亦云，找出問題的鑰匙究竟在誰的手上，以及只能適用於你的答案。

（總得有人對你們說說實話了，而不是一味的肯定鼓勵。）

所有的二分法，最後一定兩敗俱傷。亂世裡最聰明的生存之道是兩面夾攻，而不是同歸於盡。

你們儘管去衝撞，但我們也有我們的戰場。能夠當一個守護的人，需要如坡上之樹抵禦著土石流。那種盤根抓地的堅定與耐力，你們還沒這造化。

或許當哪一天想到，該是回家的時候了，那時你們才會發現，我們為你們守住的是什麼。

——不老紅塵

在捷運上放眼望去，每個車廂裡幾乎百分之八十的人都在低著頭玩手機，對外界動靜渾然不察，正好讓我把形形色色好好打量個夠。

早幾年在捷運上，大概還能觀察得出哪些是本地人，哪些不是。這兩年如果對方不開口，感覺起來都一個樣。

自己不玩手機，但是會偷瞄一下身邊的人究竟看什麼看得那麼起勁。三十來歲的小主管，手機上播放著日本卡通。滿臉鬍渣看起來像是會玩重機車的大塊頭，盯著螢幕上一隻狗狗不停跑來跑去的影片。

坐旁邊的傢伙一直在自言自語，原來是藍芽掛在我沒看到的另一側。稍稍湊近才聽見，講的是泰國話還是越南話。本以為是本地的大學生，原來是個外勞。外勞與大學生，小主管與青少年，機車大叔與兒童，之間的差別變得如此模糊，還真教人錯亂啊！

對面一排歐巴桑都是盛裝，應該是要去吃喜酒。

上過髮捲再刮挑，最後噴上很多膠水的硬邦邦鳥窩頭，是我童年時坐在美容院角落等候母親時常見的形象，如今又原汁原味出現在眼前。

不同的是，當年環顧所見的少婦們，如今都已是七十開外的老嫗。

胸前的翡翠墜子與指上的紅寶石戒，那色澤與刺目反光一看就假，但是如假包換的卻是她們臉上的雀躍之情。排排坐著並不囂張交談，更不會滑手機，發現我的目光也不會不自在。多數的時候，歐巴桑們都在注視著車窗外流動的站景。不是放空，那眼神裡有太多的記憶以及人情的流轉。

（待會兒該會碰到四妗吧？……五哥最近身體還好嗎？……六嬸的女兒也該嫁了怎麼都仍無消息？……）

偶爾垂目兀自一笑，歡喜還能吃到這一席喜酒。大風大浪走來活到今日，不盡如人意也算圓滿了……

拉拉鏤空金線勾織的披肩，再低頭瞧瞧腳上的半高跟包頭白鞋，抱緊了在胸前的提包，裡面想是裝了一個厚厚的紅包袋。一切都打理得當，連老天爺都幫忙，是個無風無雨的好日子。

・・・

我簡直看到發傻。

有那麼一剎那，我彷彿覺得自己也活在她們的歲月裡。

她們是屬於過時的人嗎？過氣或與時代脫節的人怎麼會有這樣的氣場？那樣篤定而安然的姿態讓人目不轉睛，應該就叫做「風格」吧？

我多麼驚喜還有那樣的美容院在為那樣的歐巴桑在做那樣的梳妝，在某個城市角落裡仍靜靜行禮如儀的另一種美學。

但千萬不要有一天什麼文創把腦筋動到了這上面來，一旦被貼上一種懷舊標籤，或被媒體與文化評論介入，就永遠不會是同樣一件事了。有些東西，當才想要開始關注或保存它的時候，往往都已經走樣了。

這樣的一身穿戴雖已少見，但不得不說還是有一種完整。

重點是穿戴的人，把這身既隆重又廉價的衣飾，穿出了它的故事，它的價值，關於養兒育女生老病死。

相信，是這個價值的核心。

沒有自豪也沒有自卑，只是相信與重視，這一場即將趕赴的喜筵對自己人生所具有的意義。

多年後的某一天她們仍會記得這個日子，也許還會慎重其事地將那天穿戴的首飾當成貴重家傳留給子孫。因為曾經那麼開心地珠光寶氣過，於是心滿意足地留與後人她心中最價值不菲的，生命與記憶。

然後，再也沒有這樣的一排以如此方式盛裝的歐巴桑會出現在捷運上。但是她們從不曾消失。

記得的人永遠會記得，如此而已。

（這就是文學啊！）

⋯

年老也像是一種創作。

除了命題與想像力之外，更需要的是歐巴桑那種自信與堅持。不再是為了滿足虛榮或追附潮流，之前看不出來的廢辭贅句，現在要一目了然並誠實面對，刪去那些矯揉造作，最後只留下自己讀來不會汗顏的佳句。每一個段落，都因人情練達而早有布局。面對旁人的眼光，解讀由人，只要自己清楚不違背心意就好。

面對人生，有時思索，有時躊躇，就像下筆準備要完成另一篇作品那樣，每一個句子都要寫好，就像人生的每一步也要走得清清楚楚。每一個生命階段，若是都能留下可以被引括或朗誦的句子，哪怕只是一兩句，都已經足夠了……

・・・

人類與動物最大不同之處，在於人有語言的力量，願意相信自己可以形塑出傳承智慧、分享感動的生命模式。我一直相信，文學是人生與人生之間彼此的映照。

重讀莒哈絲的《情人》，當中有一段話讓我震驚。她說：

寫作，若不能每次都將最複雜難解的事情，藉由穿透某項不可說的核心本質，將它們呈現出來，那麼它就不過是廣告宣傳品罷了。

若是早幾年，也許我還不能對她的體會有那麼深刻的認同與理解。永遠沒有簡單的答案，回憶中總還有太多被遮蔽的回憶，書寫只是為了再一次發現，書寫必須被打破的框限，而我能憑藉的也只有這兩者，用以對抗謊言充斥的這個年代。

二十歲出道，三十歲之後因為各種壓力而無法開心寫作，四十歲後忙於行政與升等，一直到四十五歲才重新動筆，現在想想，這個過程自有它的道理。因為，五十歲還能得到肯定，還被期待繼續寫下去，遠比在二十歲時受到同樣鼓勵，要更懂得珍惜與感激。

「我是誰？我從哪裡來？要往哪裡去？」

看似無奇的三問，一直等到人生半百，才終於了解其不可說之重。

雖然在未來的人生中，不會再有一場家族盛會等著我，但是我不會忘記，我從何處來。我也將永遠記得，這些日子以來的每一天，記得從中年走向未來的每一步，想像著自己又將往何處去。

——重新計時

入秋了。

傍晚時分走出捷運站，離相約時間尚早，我便在忠孝復興站外的人行道上坐下，又當起了大城市裡的鄉下人，研究起來往人群。

SOGO 百貨大樓淺綠色的燈光牆面聳立面前，說它是外星人的飛行器降落於地球也不無可能。人潮一波波進出捷運站，繁忙緊湊，但卻又顯得無比荒涼。

然後，我突然想起了多年前，初到紐約時，我也時常像這樣坐在街頭，或某個公園的角落，看著周遭的人來人往。

當時美國經濟嚴重衰退，紐約街頭處處是遊民與垃圾。二十五歲的我，面對這一切簡直覺得不可思議，有時還能氣到笑出聲來。

面對眼前一個全新的可能，不需要立刻決定什麼，也沒有足夠的經驗去決定什麼，那個自己為什麼能活得那麼理直氣壯？

（那樣的我哪裡去了？）

當時並不知道，接下來這段紐約時光對我的人生會造成什麼樣的改變，但永遠記得的是，曾經因為陌生所帶來的心驚膽顫，隱隱感覺到快速流動中的血液，都在告訴我：一切才正要開始發生……

因為年輕，世界是陌生的這件事，曾經如此理所當然。因為感受到陌生，才有了好奇的動力。

一個人在陌生的城市，可能是被自己的孤獨放逐，也可能是打開孤獨，讓新的可能進來。

二十七年後，獨自坐在台北街頭，我又想起了那個曾經目光無畏的年輕人。彷彿又回到當年那個情境，面對未知，面對孤獨，也面對「一切才正要開始發生」。

一念之間，那個我彷彿又來到了面前。

十六歲發表第一篇小說，大學還沒畢業就出了第一本書。也許就是起步太順利了，在二十幾歲還無法決定未來要往何處去的時候，以為寫作只是已嘗試過的一個選項，還有那麼多沒有嘗試過的路，怎知我不行呢？

從小成績都是名列前茅，大學聯考第一志願台大外文系，拿到博士，拚到了正教授……總認為沒有我不行的事。但是我一直不快樂。太多的努力都只是為了證明，我也可以有資格快樂。

殊不知，快樂只是悲傷的反面，並不是單獨成立的絕對值。

至今雖然還是有朋友會認為，我當年沒有在紐約好好打拚，做一個功成名就的「海外學者」或「旅美藝術家」，頗為可惜。也因為在異國他鄉經過了感情上生離死別的重創，我常有往事不堪回首的驚與悲。但是我忘記了，這件事情的最寶貴之處不在於實質的結果是否令人羨慕，而是我曾經，跨出過那一步，勇敢地嘗試過……

讓現在的孤獨，成為一種人生重新計時後必然的狀態。因為一切才要發生，必須讓自己處於一種寬容與開放的心情。

（又可以去面對一個未知的開始，連孤獨也會變得青春吧？）

—— 年年

就要除夕了。

從十天前就開始提醒父親，見了面第一句話就是，下週除夕囉！每天說一遍，還順便帶上各種春節應景擺設與道具。今天是花，明天是糖果，後天是春聯。一天一樣，就怕父親不曉得，他又度過了有驚無險的一年。

今年依然回到同一家花店買了兩盆蘭花。一盆放老家，一盆放我的小窩。雖然明知道不會有人登門拜年，但還是花了點時間把兩處都布置了一下。花店老闆娘很大方，花器中各式的金銀元寶爆竹橘果裝飾插得滿滿，我一旁看著她工作，覺得她的作品比一棵聖誕樹還更閃亮華麗。

十多年在國外生活，碰到春節這個日子，只有特地去中國城才能感受到一絲年味。回台灣後，發現跨年的節慶歡樂氣氛已經遠遠超過這個傳統的農曆年，朋友們都趁著年假攜家帶眷出國，連放鞭炮這個活動也因環保還是公共安全理由被禁止了。我現在怎麼也回想不起來，在父親與我疏遠後的那些年，我一個人都是怎麼過年的。想必是下意識裡壓抑了那段不愉快的記憶吧？

（我可以二十年不過年，但在心底卻無法否認，我是喜歡這個節日的。）

年前跟同樣單身的老朋友約了碰面，她也是過年就安排出國的那種。我問她，等年紀再老一些，都不會想要留下來在台北過年嗎？

她反倒很驚訝地反問，如果只剩自己一個人，為什麼還要過年？

我說，我已經跟自己約定，就算以後一個人，也要照樣買花掛春聯訂年菜。

除夕夜一個人自己在家涮鍋子，真有那麼可悲嗎？我不知道。

或者說我無心也尚無勇氣，把那樣的情況想得太具體。畢竟目前還有父親陪我過年，在訂年菜的時候，我仍還是懷著期待的心情。

（雖然父子二人過年能做的，也就是好好一起吃頓年夜飯而已……）

・・・

想起小時候，大年初三這天父母總會在家裡自己下廚宴客。

在那個年代，請客沒像今天這麼講究，不必非要上館子，也不需展示什麼特別手藝。只不過父母親平日都工作，在家裡請客的機會不多，除非是有親友難得遠道而來，再者就是大年初三這一頓，請的都是幾位退休的單身伯伯。

這幾位隻身在台的老人，都曾經是顯赫一時的人物。顧伯伯是邵氏電影公司旗下南國演員訓練班的創辦人，由他調教出來的邵氏大明星不知凡幾。賈伯伯在大陸時就已經活躍於話劇界，來台灣後更是推動現代戲劇發展的重要功臣。

但是最讓我意想不到曾經有多風光的，是一口濃重的四川話，喜歡戴著一副深色眼鏡的鄭伯伯，圓滾滾的身材配上他白皙的皮膚，現在想起來，還真像隻熊貓。

父親告訴我，在抗戰的時候，鄭伯伯很受老蔣器重，被任命為中國電影製片廠廠長。那是當時後方最重要的藝文重地，鄭伯伯手裡掌握了最多的資源與人材，拍過多部鼓舞民心的大片，以及許多珍貴的紀錄片，如我們這一代人最耳熟能詳的《中國之怒吼》。

來到台灣後，老蔣特別召見，「中製」、「中影」與「台製」三個官方電影公司任他挑。

「結果我們這位老兄獅子大開口，要老蔣給他一百萬美金，另成立他自己的電影公司，這下犯了老蔣的大忌，忠誠有問題，從此就被打入冷宮了。」賈伯伯說。

三位伯伯在他們那個年代都是新派人物，離了婚後一直單身，也不想麻煩國外的兒女，所以都獨居在台北。顧伯伯與賈伯伯都小有積蓄，鄭伯伯不知為何，反而是三人中景況最差的，棲身在政戰學校分派給他的一間單人小宿舍裡。

晚景雖然有些淒涼，但最風趣樂觀的也是他。對電影從未死心，仍在自己寫劇本與構想各種拍片計畫。現在想來，那都已是痴人說夢了，但是他永遠能講得眉飛色舞，一開口描述起他腦海中的電影分鏡，就完全進入忘我的境地。

「那時候江青曾經想投靠中國電影製片廠，鄭伯伯嫌她條件不夠打了回票，所以她才跑去了延安，成了毛澤東的老婆。」顧伯伯說。

⋯

在準備年貨採買的時候，不知為何，多年都不曾想起的這幾位伯伯，他們的身影突然又浮現眼前。

想必都已作古多時了。

想當年在我們家，大年初三這一天上演的可是全本的中國電影與戲劇史呢！那時的他們也不過六十多歲吧，可是在小孩的眼中，覺得他們都好老了。然而，我總記得他們幾位精神抖擻，衣冠楚楚的模樣，從不曾像某些失意文人，幾杯黃湯下肚後，便開始指天罵地。大年初三這天有他們來做客，屋裡總是笑聲不斷。

如今自己也有了些年紀，才更懂得欣賞他們的修養難得。即使早已失去了舞台，卻能不酸朽也無牢騷。尤其想到鄭伯伯的赤子之心，對比著他曾經輝煌的經歷，讓我看到上一輩文人與今日文化人求官貪名之不同。

我也看到我的父母待人寬厚溫暖的一面。關心幾位老大哥們過年時孤家寡人，年年特地下廚邀請他們的這份誠意，遠比任何珍饈盛宴還更有滋味。

那樣一個以誠字為貴的年代，隨著年味的淡薄，也早已消逝了啊……

・・・

雖然訂購了獅子頭、佛跳牆、紅棗人參雞湯、金瓜米粉、八寶飯這幾道年菜，但是過年沒有一條全魚總是不成的。

研究了網路上的各種食譜後，決定要來自己試做清蒸石斑。

（或許以後每年過年都可以來學習一道新菜？）

那只落單的橢長老瓷盤，早早便教印傭從櫃中取出清洗好。

抹好鹽酒的石斑放進裝滿水的大鐵鍋，點火，計時十五分鐘。拿出另一個小鍋開始把香油與沙拉油燒熱，一面教印傭怎樣切出細蔥絲。

開鍋，把魚取出。淋魚露，放上蔥薑。熱油滾燙澆下，立刻一股鮮美的香氣爆發。

幾分鐘前手忙腳亂的鍋盤聲剎時歸於寧靜。姿態婀娜的石斑躺在久違了的瓷盤中，黑白相間襯著青綠，一種素雅的豐盛。

我注視著那幅畫面良久。

直到視線都朦朧了，耳畔開始出現嗡嗡的低鳴。

聽起來像是在某處聚集了滿滿一屋子的人，那些模糊的激動，閃爍的低語，

正從某個遙遠的時空，一陣陣傳送到了這個告別的夜晚。

一如我的心跳，穿越了記憶，也正穿越著未來。

後記
—— Life Goes On

從一年前開始動手寫下這本書裡的第一篇，一邊寫著，父親也一邊繼續在老著。等到書已完成，回頭再看到當時記下的點滴，竟然許多已是無法再按鍵重來的記憶。

父親的話更少了，打盹的時間更長了。現在的他，有時會突然抓住我的手握著，所有他再無法組織成字句表述的感受，只能寫在那掌心裡。

我想，我要用文字記下的，就是在那樣的一握裡，所有以前的我所無法懂得的人生。

大多數的我們都在記憶過去，但是我彷彿想起了我的未來。

所有在眼前的路，其實我們都知道它會帶我們前往何處，只是我們都不願意承認。那樣的前方並非未知，有可能是早就在生命中發生過的種種，只是我們從來都逃避或未正視。譬如說，孤獨。或者是，悲傷。

我們都希望青春期的格格不入與自我懷疑不要再發生，曾經閉起眼咬緊牙跨越過的兩難與背叛不會留下紀錄，但是我現在漸漸相信，人生的下半場不過是同一張試卷的重新作答。

・・・

那時，我還沒出國念書，在報社上班，下班回到家都近晚上十點。因為年輕好勝，我還跟出版社簽了好幾本書的約，同時接了報社許多的採訪稿，努力賺稿費存錢，心裡還沒放棄留學的夢想。所以過了午夜便是我挑燈夜戰的開始，埋頭寫稿。母親身體不好，總是早早就寢了。父親通常晚睡，在客廳裡看他的電視。

某天，他忽然伸頭進我房間，問我要不要喝疙瘩湯。

父親拿出冰箱裡的剩菜，我們家裡管那叫ㄓㄜˊ ㄌㄨㄛˊ。我從來不知道那是哪兩個字。就像許多在我們家裡會講的外省地方土話，從來只會說卻都不會寫。父親用大碗裝上一點麵粉，再放進一小匙清水後，就快速用筷子如打蛋般翻攪，於是碗內就會出現一把如綠豆般大小的麵珠，倒進大鍋菜的熱湯裡滾煮，接著再一次重複同樣的動作。從頭到尾我都在旁邊看著，這是父親唯一完整示範教學過的一道點心。

「記著，水絕對不能放多了，那樣就結成了死麵塊。不能急，慢慢打，小麵疙瘩才鬆軟好吃。」父親說。

後來，在許多館子裡吃到的麵疙瘩，正是父親所說的那種「死麵塊」，大如香菇，硬如牛腩，被我認定全是冒牌貨。我家的麵疙瘩一粒粒滑溜如蛋花。

在美國留學的時候，遇到下雪的冬夜，我也會依父親教的做法，為自己煮碗疙瘩湯取暖。

唯一不同的是，再也不會聽見母親第二天起床後，看見廚房洗碗槽裡堆放的鍋碗，她一定會用揶揄中又帶著默許的口吻補上的那一句：「你們爺兒倆昨晚又吃疙瘩湯啦？」然後就會聽見她開始洗鍋的聲音……

・・・

我的人生上半場，現在想起來，在那時就算結束了。

那個幾乎像是可以從此安穩幸福的家，還有我以為沒有理由不會實現的幸福想像，接下來卻一步步走向壞空。

在歷經了這些年種種劇變後的我，如果還能找到什麼力量在支撐著我往前，我想就是類似的、許多以往並不覺得有何重要的記憶。

當一切已物是人非，那些在殘圮中赫然發現的小細節，往往會產生強大的能量，如同科幻電影中由一個基因化石可以復原了整個侏羅紀。

人生階段的分界，未必是以時間來度量。拋開了線性時間的枷鎖，也許會發現，下半場才是故事真正的緣起。我們的上半場過得何其匆忙粗糙，並不曾看清楚試卷上的問題為何，卻總以為標準答案的存在。

寫作，如今對我而言最重要的意義，就是填上屬於自己的答案。

常遇到《何不認真來悲傷》的讀者問我，寫這樣一本書是否給我帶來了療癒？我的回答總是，是的，但不是在當下的那個寫作過程。因為療癒不是一場驅魔，或是一陣大悲大喜的解放，它是一個每天在進行中的功課。真正的療癒是學會了如何在滿目瘡痍中，找到了那些強韌的生命碎片，進而發現，以往那座人人奮力攀登的高塔，原來可能不堪一擊。從求之不得到心安理得，只有靠誠實的不斷自我對話。

不再逃避生命底層我們終須面對的告別與毀壞，之後才是療癒真正的開始。這本《我將前往的遠方》，某種程度來說，更像是記錄了我接下來的自我修補。

年過五十之後，我才認識到自己真正擁有的能力，不過就是堅持而已。

難關還在持續，悲傷讓人安靜，我期許一個更清明的自己。

§

國家圖書館出版品預行編目（CIP）資料

我將前往的遠方／郭強生著. -- 初版. --
台北市：遠見天下文化, 2017.06
面；　公分. --（華文創作；BLC097）
ISBN 978-986-479-227-6（平裝）

855　　　　　　106007511

華文創作 BLC097B
我將前往的遠方

作者 — 郭強生

總編輯 — 吳佩穎
責任編輯 — 陳怡琳
美術設計 — 三人制創
內頁圖片攝影 — 林煜幃

出版者 — 遠見天下文化出版股份有限公司
創辦人 — 高希均、王力行
遠見・天下文化・事業群 董事長 — 高希均
事業群發行人／CEO — 王力行
天下文化社長 — 林天來
天下文化總經理 — 林芳燕
國際事務開發部兼版權中心總監 — 潘欣
法律顧問 — 理律法律事務所陳長文律師
著作權顧問 — 魏啟翔律師
地址 — 台北市 104 松江路 93 巷 1 號 2 樓

讀者服務專線 — (02) 2662-0012 ｜傳真 — (02) 2662-0007；(02) 2662-0009
電子郵件信箱 — cwpc@cwgv.com.tw
直接郵撥帳號 — 1326703-6 號　遠見天下文化出版股份有限公司

內頁排版 — 張靜怡
製版廠 — 東豪印刷事業有限公司
印刷廠 — 祥峰印刷事業有限公司
裝訂廠 — 中原造像股份有限公司
登記證 — 局版台業字第 2517 號
總經銷 — 大和書報圖書股份有限公司 電話／ (02) 8990-2588
出版日期 — 2017/06/01 第一版第 1 次印行
2023/02/22 第二版第 4 次印行

定價 — NT 360 元
4713510945902
書號 — BLC097B
天下文化官網 — bookzone.cwgv.com.tw